Ikke Som I Fjor

总有一天会长大

【挪威】托摩脱·蒿根 著 裴胜利 译

Tormod Haugen

上海译文出版社

图书在版编目（CIP）数据

总有一天会长大 /（挪）蒿根著；裴胜利译 .
-- 上海：上海译文出版社，2018.1(2020.3重印)
（夏洛书屋：经典版）
书名原文：IKKE SOM I FJOR
ISBN 978-7-5327-7670-2

Ⅰ．①总… Ⅱ．①蒿… ②裴… Ⅲ．①儿童文学－中篇小说－挪威－现代 Ⅳ．① I533.84

中国版本图书馆 CIP 数据核字（2017）第 266582 号

图字：09-2013-549 号

总有一天会长大 IKKE SOM I FJOR

［挪］托摩脱·蒿根 著　裴胜利 译

选题策划　张顺　朱昕蔚　责任编辑　赵平
内文插图　戎鸿杰　封面插图　上超工作室　封面设计　黑猫工作室

上海译文出版社有限公司出版、发行
网址：www.yiwen.com.cn
200001　上海福建中路 193 号
上海市崇明县裕安印刷厂印刷

开本 890×1240　1/32　印张 6.75　字数 75,000
2018 年 1 月第 1 版　2020 年 3 月第 12 次印刷

ISBN 978-7-5327-7670-2/I·4700
定价：19.00 元

你也要去爬！

赵小华

宋庆龄儿童发展中心亲子阅读专家

本书作者托摩脱·蒿根是挪威著名儿童文学作家、国际安徒生奖得主，《总有一天会长大》是他根据自己的成长故事创作的。主人公约根是个瘦小的男孩，敏感且十分胆小，夏天来了，他却不肯换下冬衣，生怕别人嘲笑他的胳膊、腿太细。他不喜欢手枪、汽车，却喜欢洋娃娃——总之，他就是这么瘦小柔弱、惹人怜惜。这样的男孩在伙伴中遭人嘲笑在所难免。而约根其实也很着急，但是有什么办法呢，他也想让自己快快长大……

这本书甫一出版，就得到了世界各地小读者的喜爱，很多孩子从约根身上找到了自己的影子，并产生了强烈的共鸣，他们都觉得约根就是自己，自己就是约根，毕竟，我们每个人在成长中都有这样那样的不顺利和不完美。接下来，我们就围绕“长大”这个话题，跟小朋友们一起结合这本书中的内容谈谈如何才能长大？怎样才算长大？

长大——这可真不是一件容易的事情，尤其是在自卑敏感和胆怯中小心翼翼地成长着的约根。好在除了嘲笑和可怜他的人，他还有母亲的理解与呵护，朋友的支持和鼓励。所以，首先你要有个理解并接纳你的妈妈。当那些大孩子故意说一些约根不懂的东西并以此来嘲笑他时，妈妈这样对约根说："一个人不可能什么都懂，每个人的一生要学的东西很多，如果一个人，他七岁的时候什么都懂，这也并不是什么好事。他们故意说一些他们懂而你不懂的事，对你来说这是巧合。"妈妈就是这样如此细心地呵护着他自卑敏感的小心灵。可以想象，如果在约根的成长中没有妈妈的维护和接纳，约根成长的压力也许会更大，所以说任何人的成长都不是一个人能够完成的。假小子玛利亚作为朋友对约根的的带领和鼓励也是非常重要的。她在鼓励约根夜登大岩石时说："你也要去爬！"玛利亚口气坚定地说，"你和我，我们两个人今年夏天一定要爬上去，这件事我们一定要干，你听见了吗？"听听玛利亚的语气，瞧瞧玛利亚的决心。约根有这样的朋友，长大的路上才不孤单。

除了妈妈的呵护、朋友的支持，自我的突破才是最关键的。约根毕竟是鼓足勇气，靠自己的力量克服苦难，一步步爬上那块大岩石的。那时他的心里很紧张，可是他又不想表露出来，尽管他很害怕，可另外一个声音在驱使他不断地朝大岩石的顶端靠近，这个声音就是他心中那个一定要登上大岩石的约根发出的。当约根终于爬上了大岩石，他的身影是如此高大，他看到了以前从没有看到过的风景，那一刻，一个崭新的约根诞生了。

如何才算真正的长大？就像马丁那样，身材高大，轻而易举地爬上大树和大岩石吗？如果是这样，那马丁丢了自行车失魂落魄的样子，该怎么解释呢？从某种意义上说，马丁也没有长大，虽然在约根看来他长得已经够大了，恃强凌弱并非是长大的表现，而在马丁的自行车失而复得之后，他连声表示感谢，还让小伙伴骑上他的自行车玩，在那一刻，马丁才算长大了那么一点点。这样看来，如何才算真正的长大可又是一个值得好好想想的问题。

约根也不是在一天里突然长大的，他是在经历了一些事件之后逐步成长起来的，比如他主动答应了马丁去帮他找丢失的自行车，为此勇敢地走进了他一直害怕的猫头鹰屋，直到最后他夜登大岩石——这些都是他一步一步长大的过程。在这个过程中，约根完成了“接纳自己、突破自我、建立自信”。另外，你有没有想到，成长中的一个个有挑战的困难不就是那块大岩石吗？小朋友，你也要去爬！一定要爬上去！爬上去你就长大了！

约根的世界很丰富，光看这本书的目录页你就可以想象得到。精彩的故事就藏在书里，那就赶快打开它，跟随约根一起苦恼忧伤、一起欢喜玩耍，陪着约根一起快乐成长吧！

CONTENTS

目录

01

约 根

哈默比不是一个城市。哈默比甚至也不是一个小镇。哈默比只是森林中的一个小村庄。

哈默比非常小。那儿的房子不像城市里的房子那样靠得很紧。不过它们之间的距离隔得也并不太远。人们只要走到房子跟前，便能看到邻居，或者听见他们的谈话；如果站在房前的台阶上，互相之间就可以交谈各种各样的事情了。

大城市里有许多面包师、牧师、女教师和女营业员；可是在哈默比向来就只有一个面包师和一个女教师，因为在一个这么小的地方，压根儿就不需要更多的面包师或者女教师。

在哈默比有许多母亲和父亲，当然没有城市里那么多，不过分配给孩子们倒也足够了。这里的孩子可以在一块儿玩耍。

马丁、约翰内斯、西里、泰耶、卡琳、埃尔泽以及大胖子、小个子和约根，他们都住在这里。

约根有两只又大又蓝的眼睛。他看上去老是闷闷不乐的，就是在高兴的时候也是这副样子。他的嘴巴有点儿歪，所以有人说，约根在笑的时候也像是在哭。对了，他还有两只大大的招风耳！

“这两只耳朵很实用。风大的时候，你可以飞起来了。”有一次那个讨厌的马丁这样说。

约根的头发是棕色的，有点儿鬈；如果碰到下雨天的话，那么整个头上的毛发都鬈起来了。

“香菜头发。”马丁称他的头发道。

“去你的！”约根反击道，“我们家菜园里有香菜，那是绿颜色的，完全不一样！”

“鼻涕虫！”马丁也不甘示弱。

约根还不懂这个词是啥意思。他根本就不像大胖子那样常常吸鼻涕，也从来不拖鼻涕！

不过约根当然知道，这个讨厌的马丁称他“鼻涕虫”，这肯定同他的鼻子没关系。马丁这样称呼他，是因为这个约根有点儿傻乎乎，还因为有好多事，别的大孩子都知道，而他却还不明白。

“一个人，不可能什么都懂。”约根的母亲有一天这样对他说，“每个人，他的一生要学的东西很多。如果一个人他七岁的时候什么都懂，这也并不是什么好事。”

“可是，别的孩子都会，而且什么都懂。”约根不高兴地回答说。

“哦，他们故意对你说一些他们懂而你却不懂的事，对你来说，这只是巧合。我完全相信，有好多你懂的事，他们却不知道。”

“不，”约根说，“根本就没有什么我自己能独立完成的事。可是这个世界上的东西别的孩子都会做。”

所以，约根觉得，他是所有孩子当中最笨的一个。

他想起来了：在大街上，只要他一碰上那些白发苍苍的老奶奶，他便会被拦住。她们会向他弯下腰来，温柔地抚摩他的头。她们那样子好像在担心，他随时会被打碎似的。然后，她们眨眨厚厚镜片后面的眼睛，亲切地说：“哦，孩子，你叫什么名字？”

甚至在同别的孩子一起玩耍时，也只有约根会被拦住，那情景似乎她们根本没有看到别的孩子，或者干脆对他们视而不见。起先，这些老妇人拦住他，他感到挺纳闷。现在竟然还发生了这种情况，她们送他巧克力和糖果，难道就因为他长得矮小，两只眼睛充满忧伤，还噘着一张小嘴？

其他孩子理所当然要对他忌妒了。难怪他们要叫他“香菜头发”和“跳蚤约根”以及别的一些他们挖空心思想出的低级趣味的外号。约根很想把巧克力或者糖果分给他们，因为他心里明白，有人送他巧克力或糖果，有人骂他“香菜头发”和“跳

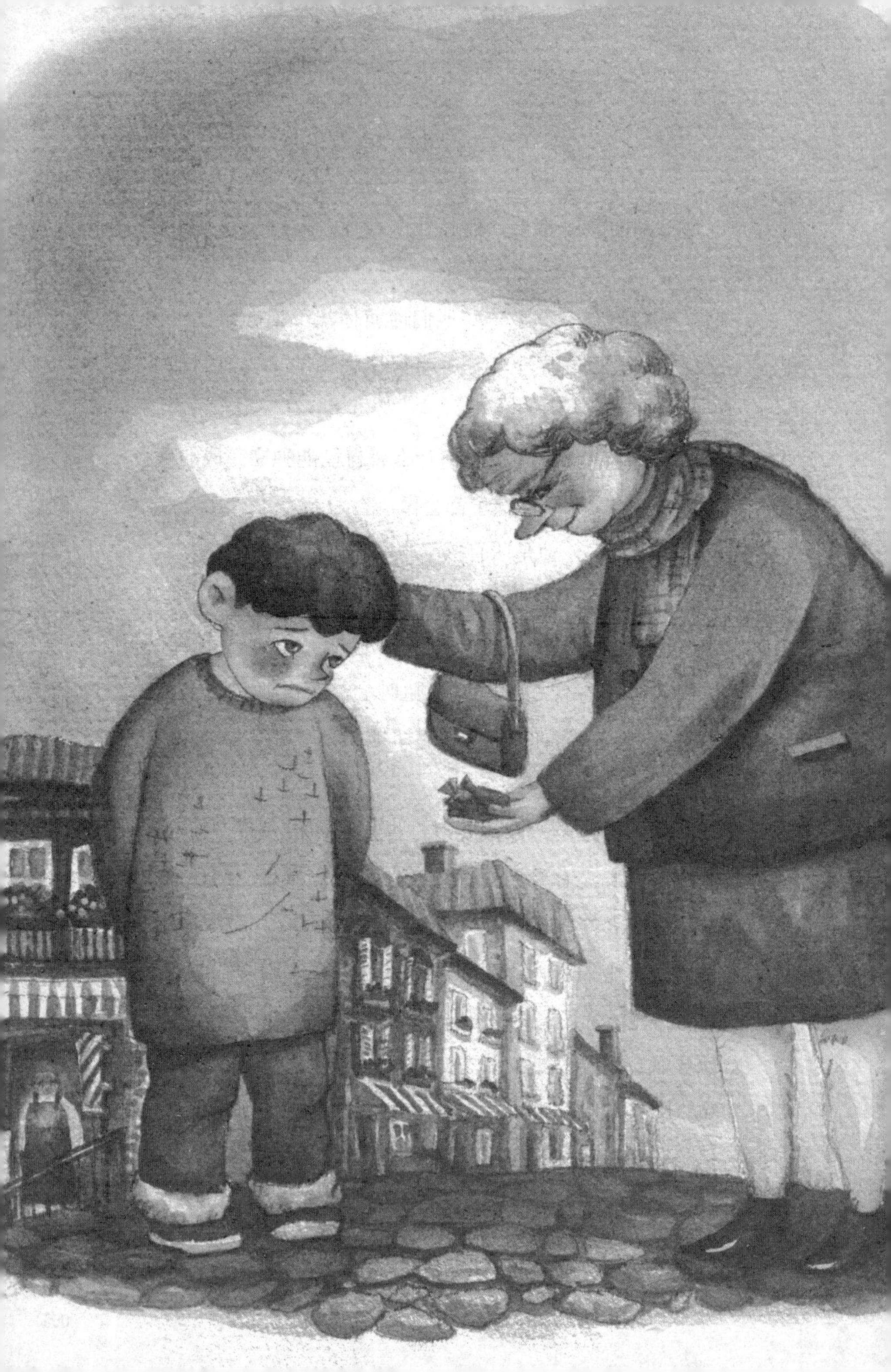

蛋约根”，这都是怎么回事，对此他心里都很不痛快。

他把巧克力和糖果分给别人时，别人会变得十分气愤，并说：“我们根本就不稀罕这些玩意儿，难道我们就那么贱吗？收起讨厌的巧克力，你这笨蛋！”

这样行不通，于是，巧克力也变得没味道了，约根感到非常奇怪，心情很不愉快。

可是，那些老奶奶仍然动不动问这问那。约根仍然一而再、再而三被她们拦住，尽管他对此一点儿兴趣都没有。为了躲避这些老妇人，不被她们看到，他常常要绕一个大圈子。可是，她们眼睛很尖，老是看到他，所以，他怎么也躲不过她们的问长问短。

他已经习惯这一连串问题。譬如，一位老妇人在路上拦住他，先抚摩了一下他的头，然后向他提问，于是就出现了下面这样一段对话——

“哦，孩子，你叫什么名字？”

“我叫约根·拉斯贝格，今年七岁，到了秋天我就要上学了。我爸爸叫拉斯·拉斯贝格，他是木匠；我妈妈叫拉希尔德·拉斯贝格。我没有兄弟姐妹。我长大以后不想当汽车司机；我要住在亨里克牧师花园边上那幢白房子里。”

说到这里他才会喘口气，这时那些老妇人便会感到好不诧异：这孩子多机灵啊！就这样，他替她们省去了许多提问。

“这小家伙挺懂事的！”到了这时她们便会亲热地说，一边又抚摩了一下他的脑袋，这才离去。不过有时也会出现这种情况：她们对他的回答感到吃惊，露出一副目瞪口呆的样子，所以也就忘记了说：“哦，可怜的孩子，你怎么这么小，这么瘦！”

“她们又把你头上的毛拔去了好几根！”有一次讨厌的马丁说。

“呸！”约根反击道。

02

夏天来了

有一天早上，夏天突然来到了哈默比。自五月十七日国庆以来，孩子们和大人们一样都在热切盼望它的到来。可是，这些日子老是阴雨绵绵，仍有点儿寒气袭人。大人们摇着头说，在他们的记忆中，这种季节以前从没有这么寒冷过。

孩子们都变得怪怪的，老要惹事生非。已经是五月底了，可他们仍不得不穿着厚厚的冬装，他们真没想到会有这种傻事。不然的话，他们早该穿上凉鞋，套上短裤，去打棒球、玩跳箱子以及到伦德湖里游泳去了。

可眼下根本就不是夏天！

这太不公平了！

“我们干脆整个夏天到学校里上学去吧。”马丁说，他现在正在读四年级，“这么冷的天，放暑假又有什么用！”

草地在慢慢地变绿，可是风仍是那么冷飕飕的，这对植物生长非常不利。花耷拉着脑袋，它们在冷风的吹拂下弯腰，因为它们是极容易着凉的。那些长在大树边上的花仍像五月十七日时那么矮小。这些花缺少光照和温暖，所以它们的叶子都停止了生长。光从这些植物来看，似乎时间也停止了。

卡琳说，她准备把她的滑冰鞋重新从仓库里取出来，因为保不定某个早晨她一觉醒来，发现伦德湖又冻住了。不过，幸好这种事没有发生，因为某个晚上夏天一下子降临了。那是星期四，六月十四日，夏天终于来到了哈默比。

这天夜里，约根就觉得有点儿不对劲儿，他好像感觉到整个房子都在抖动，于是他从睡梦中醒了。

“现在我们要沉到地底下去了！”他脑子里首先闪出的便是这个念头。他一下子从床上跳下来，飞快地朝父母的房间跑去。

“快醒醒！”他喊道，一边揭开了他们的被子，“我们沉下去了，我们沉下去了！”

父亲先是翻了个身，然后将头从枕头上抬起来：“嗯。”他叹了口气。

约根不明白他这是什么意思，又重复叫道：“我们沉下去了！这幢房子沉到地底下去了。快起来！”

父亲这才慢腾腾地坐起来，眨了眨眼睛。“你这是在做梦，”

他说，“别害怕！我们没沉到地底下去。快回到床上去。”

“可是你听！”约根喊道，一边拽了一下母亲的被子。这时母亲也醒了，一屁股坐起来，懵懵懂懂地打量着丈夫和约根。这时床不再嘎吱嘎吱地响了，房间里也一下子安静下来。三个人全神贯注地倾听着外面的动静。

外面，风围着房子在呜呜地呼啸。约根十分敏感，觉得房子在颤抖，好像马上就要倒塌，或者沉到地下去。他嗖地一下上了父亲的床，钻到被子底下。他觉得这样就安全了，万一发生什么糟糕的事他也不怕了。

这时约根看了看父亲，又瞅了瞅母亲。他们看上去一点儿也没害怕的样子。他本来想提醒他们，会有可怕的险情发生。可他们根本就不在乎什么危险！父亲只睁着一只眼，甚至笑了起来。

“哈哈哈哈哈。”他这样笑着，声音很响，传到了门外。

“你又做了个什么梦，约根，我的孩子？”他问，“我们绝不会沉到地底下去的，我知道发生什么事了。”

这时，深更半夜的，父亲像早晨起床那样，一骨碌从床上跳起来，走到窗前准备把窗户打开。

“拉斯，你肯定，你真的醒了吗？”母亲关心地问，同时吃惊地望着他，“这么冷的夜晚，是不能开窗的。这是你昨晚自己说的。”

“当然！”父亲叫道，这声音听上去好像他很快活，“可是今晚我没说！”

窗户已经被打开。父亲刚要探出身去，不料风将玻璃窗猛地刮了回来，要不是父亲赶紧抓住窗子，恐怕它就会被撞碎了。

“你们现在注意到了吗？”父亲一边叫道，一边对着迎面吹来的风。猛烈的风呼呼地直往房间里灌。窗帘哗啦啦地飘起来，就像五月十七日的旗帜。

母亲面对父亲随心所欲地放进屋来的冷风，只好拼命地将身体往被子里面缩。

可是，这风根本就不冷。它在房间里盘旋着，使人觉得它甚至还有点儿暖意。

“你们感觉到了吗？”父亲喊道，“夏天来了！夏天终于来了！”

约根高兴起来，因为他这才知道，他们的房子是不会沉到地底下去的。他鼓起勇气回到自己的床上去了。可是，他还有一点点儿害怕，他要让外面走廊上的灯开着，让卧室的门也开着，这才安心地独自一人躺在了床上。

不过，他怎么也睡不着。被子一下子变得沉重起来，变得比以前暖和了。睡衣也使他觉得发痒，觉得有点儿扎皮肤。约根出汗了。他觉得睡衣太厚了。他觉得，他要一直这样醒下去了。可是他到底还是睡着了，因为后来他睁开眼睛时，发现周围的一切突然变得十分明亮清晰。夜晚终于过去了。

03

毛线衣

黄灿灿的光线涌进房间。这天，一切似乎都变了样，约根明显地感觉到这点。小鸟唧唧喳喳的啼鸣声似乎也同往常不同，它们比昨天早晨快活许多。树木似乎也在欢呼。约根觉得，树叶好像在沙沙地欢唱，这样悦耳的声音他从没有听到过。

甚至连射入房间的阳光都和以前不同了。昨天，太阳还缺少暖意，显得很苍白，可今天它却显得那么诱人，仿佛要把人们立刻从床上唤起来，跑到室外去。不错，夏天真的来了。他们期盼已久的夏天终于来到了。太阳、阳光、鲜花、绿草、戏水池中那温和的水，还有昆虫，这一切都让孩子们和大人们感到快活和兴奋。难道大家都这么认为吗？

约根叹了口气，又往被子底下拱了拱身体。他可没兴趣从床上爬起来。

这个叫夏天的玩意儿使他再也不需要穿厚厚的衣服了。

他朝椅子那边望去，只见上面放着他昨天穿的衣服：一条长裤子和一件毛线衣。这些是他穿了一冬天的衣服。

这时候，他听到母亲上楼来的声音。她的脚步声听上去好像同平时不一样。夏天终于来了，她也一定是为这事感到高兴。

这时她到了外面的过道里。他听到她在开衣橱门的声音。他知道她在找什么。这期间还伴随着一种轻轻的嘎吱嘎吱的声音，这大概是父亲在扫地。接着，母亲把橱门关上了。

他的房门被打开了，母亲出现了。这是一个完全不同于平日那副模样的母亲：她微笑着，神采奕奕；她的嗓门儿昨天听上去还有点儿凶巴巴的，可这会儿却显得十分柔和可亲。

“早上好，约根，”她说，“现在外面是夏天了。爸爸说得对，昨夜的暴风雨过去了。外面阳光灿烂，天空碧蓝，不像以前那样灰蒙蒙的。你快起来，自己亲眼去看看那美丽的景色吧。”

母亲一进房门，约根就闷闷不乐地打量着她手里的东西。果然是它们！蓝颜色的运动短裤和红颜色的短袖子套衫！

母亲把这些玩意儿放到椅子上，同时将另外那件毛线衣和那条长裤子拿走了。

“我想，这些冬衣今年是穿不着了。”她说。

母亲说这些话时，约根心里挺紧张，可他没吭声。

母亲仍沉浸在夏天到来的兴奋之中，所以也没注意到他没

吭声这档子事。

走到门口时她又回过头来，笑眯眯地对约根说："现在就起床吧，赶快到外面去看看暖洋洋的太阳！"

说着，她出了房门，房间里只剩下约根一个人了。

他知道，再多睡一会儿也没多大意思。母亲马上又会回来，掀开他的被子，把他从床上拽起来。

约根又深深地叹了口气，终于从床上爬了起来。他拉开窗帘，金色的阳光一下子涌进房间。他走到窗前，朝外张望。

外面的景色果然跟母亲说的一样：天是蓝蓝的，太阳是金灿灿的，树木也像被谁施了魔法变了样。树上长出了叶子；花高高地昂着头，迎着太阳绽放。外面一切都是美丽的。

他转过身去，目光落在蓝色的短裤和红色的套衫上。他现在该穿上它们了。他总不能光着身子跑来跑去，整个哈默比没人这么做。大人们说过，这样做不合适。

当他从椅子上拿起那条蓝色的运动短裤时，又第三次叹了口气。这时他突然产生了一个念头：今天夜里天气最好能一下子冷起来，就像昨天夜里一下子热起来那样。这样，他就可以对母亲说，他要穿那件冬天穿的毛线衣了。那件毛线衣，父亲给它取了个名字，叫"约根帐篷"，因为他整个身体都能藏在里面。

他很不情愿地穿上那条蓝色的运动短裤，很不情愿地套上那件红色的套衫。套衫太紧了，胸口处被包得紧紧的，不管怎么弄都觉得不好受。

他走到父母的房间里，想对着大镜子照一照。他在那儿可以尽情地从头到脚打量自己。

“瞧你，身上一点儿肉都没有，瘦得像根柴火棒。”几天前讨厌的马丁这样说过他。

可不是么，现在，如果别人看见他穿着这身夏装，更要这么说了。他身上没一点儿肉，这叫他有什么办法？他生来就长得这样瘦小嘛！

约根不相信，别人身上不管哪儿都有肉，胳膊肘和膝盖那些地方不也是没有肉的吗！

克努特五岁时长得就比约根高大，甚至强壮。现在克努特马上要六岁了，那就更不用说了。约根已经七岁多，这太不公平了！可是，事实就是这样！

“克努特肋骨上的肉比你多，膝盖不像你那样尖尖的。”马丁说。

尽管克努特五岁长得就比他高大，比他强壮，可他不仍然要到七岁才能上学吗？

约根考虑来考虑去，如果他是克努特，克努特是他那该有多好啊。也许，将那些记载他出生年月的文件改动一下也是个好办法。可是，他又不知道怎么更改。这件事他也不能对父母说。

他实在是不想穿运动短裤和那件薄薄的套衫！他仍想穿那

件肥大的、厚厚的毛线衣，那是他最最喜欢的衣服。那件肥大的毛线衣，他喜欢它，它也喜欢他。他们是最要好的朋友。

母亲称它是“冬衣”，他穿什么干吗总要大人来决定？这一次，约根就要自己做决定！

他走进浴室，因为他断定，母亲已经把那件毛线衣扔到专门放脏衣服的筐子里了。它果然在那里面。

“哦，可怜的毛线衣，”约根说，“你怎么和这些又脏又乱的东西待在一起？”

他连忙脱去那件红色套衫，又穿上这件肥大的毛线衣。

“你现在应该成为我的夏装。”约根说，一边亲热地抚摩它。他又跑到大镜子前，他现在看上去显得有点儿怪。

毛线衣太长，而运动短裤又太短，所以看上去他好像只穿了件上衣。“这没关系！”他就这样决定了。因为现在别人就看不到他没有肉的身体和尖尖的胳膊肘了。

可是，别人仍然看得到他的膝盖，因为毛线衣不够长，盖不住它们。约根很想知道，母亲把那条长裤放哪儿了。只有穿那条长裤才能掩盖住他的膝盖。他就是想要这样干！

约根跑回自己的房间，拉开他独自一人用的小五斗橱最上面的抽屉。里面有许多漂亮、干净的手绢，约根从中挑了两块大的，绑在自己的膝盖上。于是，他的腿便变得僵硬和不灵活了。

他的两只膝盖看上去像缠了绑带，走起路来显得非常吃力。

不过，这样至少别人看不到他的膝盖了。

约根下楼去用早餐，母亲见他那副样子，不由得大吃一惊。她的两眼死死盯在他的毛线衣上，打量来打量去，然后又将目光落在那两条绑在他膝盖处的方格子手绢上。

“约根，”她问道，“你究竟怎么了？”

约根只是一个劲儿地摇头。

“你为什么把膝盖缠起来？”

“因为膝盖还没有想起来夏天究竟是怎么回事，所以它们对它有点儿害怕。”他解释道。

“原来这样。”母亲说，声音相当轻，刚够约根听见，看来她对他说的话有点儿不相信。

“那么你干吗要重新穿上这件冬装呢？我不是已经把夏装拿出来了么！”

“不错，是的，”约根回答说，“可是它在这儿已经不是冬装了，它现在就是我的夏装。”

“原来这样，”母亲说，可她还是不十分明白，约根怎么会这样认为，“这是一件很厚的衣服，你要知道。如果外面天气冷，那么穿这么厚的衣服才会感到舒服。可是，今天我们这儿是真正的夏天了……”

“可是我要把它当成我的夏装，我不想把它当成冬装！”约根说。

“嗯，嗯，”母亲这样附和道，“不过，我担心，你今天会出大汗的。”

她又考虑了一下。“不管怎么样，我把那件红套衫放在你的房间里了。如果你改变主意，回头你可以把它穿起来。”她补充道。

“那不可能，”约根回答说，“因为我现在穿着我的夏装呢。”

可是，外面的确很热。母亲并不是为了要他穿红色套衫才这么说的。

约根觉得，他就像站在大火炉边，这种感觉完全跟待在楼上他房间里的那只黑炉子边上一样。那只火炉是靠劈柴供暖的。冬天，它往往烧得很旺，他待在房间里总觉得暖洋洋的。

谁知道，也许太阳就是这样一只大火炉，为了使上帝光脚在云端上走来走去不觉得冷，所以天使在拼命地烧火。

约根也光着脚丫子走出去了。绿油油的草地软绵绵的，走在上面脚底板有点儿痒痒的感觉。不过这样赤脚走路他很快便习惯了，这当然是两天之后的事。

天空中没有一片云，也没有一丝风，所以枝头一动也不动。

约根额头上和鼻子上沁出了汗珠，汗珠滴到了地上。

他抬起手抹了一下额头，觉得额头上已布满了汗珠：他出汗了，天气确实热了。

树林边上有一棵巨大的桦树，桦树下面是一大片阴影。约根来到那里，在树干边坐了下来。他希望这样能凉快一些。可是他刚坐下，心头又生起一股无名火，因为，不知怎么搞的，浑身上下渐渐痒了起来。

“身上一定有蚂蚁。”他心里想，然后把毛线衣撩起来查看了一下。他肚子红了，可是并没有发现蚂蚁之类的小动物。毛线衣开始使他发痒了，所以他觉得这么热。他肚子发红了，是因为毛线衣太暖和了。

约根身上越来越难受。他开始挠脊背，挠手够得到的地方。他抓大腿，抓胳肢窝，抓肩膀，抓身上所有能抓得到的地方。

约根站了起来，以最快的速度跑到了小河边。这时他已经满头大汗了。

高高的白桦树下面，小河从树林边的树木之间潺潺流过。河水看上去总是那么的凉爽，这是它躺在树林阴影下的缘故。

约根不该这样拼命奔跑，因为当他打量膝盖时，发现绑在上面的手绢不见了。它们正躺在他身后远处的草地上，像喇叭花似的显得格外耀眼。他不想跑回去捡起来，因为他现在根本就用不着它们了。因为这四下里只有他一个人，没人会看到他。

他坐在小河边的一片草地上。河水啪啪地打在石头上，水珠在空中飞溅。这河水看上去就觉得凉快，约根心想。

他倾听河水哗哗地流淌。从前，小河一路奔跑一路欢唱，它唱的所有的歌约根听上去都觉得十分悦耳动听，尤其是在夏天。可是眼下它的歌，约根压根儿就不喜欢。它听上去不再像从前那样使人觉得凉爽，它从约根身边流过时，似乎在唱着一支温暖的歌。

“唱凉快的歌，”约根说，“我要凉快。”可是，小河根本就不听他说的。它仍然唱着歌。穿在身上的毛线衣使他觉得浑身发痒。

“你是我的夏装。”约根说。可是，他觉得越来越热，厚厚的毛线衣也越来越使他觉得痒。

“你太坏了。”约根一边说，一边想同时挠着肩膀、肚皮和胳肢窝。可是，他只有两只手，不能同时挠三个地方。他简直受不了啦！

“你这个讨厌的毛线衣！”他突然大声喊道，然后把它从脖子上脱了下来，“我不再是你的朋友了，你太讨厌了！你不配当我的夏装！”

他把这件夏装朝河岸上扔去。毛线衣飘落在一大片春白菊之间。它当然没有吭声。

约根又跑上去狠狠地朝它踢了一脚，因为毛线衣一定没有听懂他认认真真跟它说的话。

可是这时候，毛线衣突然像一只既大又懒散无力的鸟，慢慢地从地上升起来，然后扇动着两只袖子，飞了出去。当它落到小河上时，发出了“啪”的一声。可惜，它不是鱼，不会游水。不过，它看上去非常渴。约根坐在河岸上，眼睁睁地看着它在一口一口地吞饮着河水。

毛线衣变得越来越沉，很快便坚持不住了，然后便“咕嘟”一下沉到了河底。约根看不见它了，因为这时水面上泛起了很大一片涟漪。

约根哭了起来。他不想它这样。他不希望这件厚厚的毛线衣成为这种样子。他飞快地跑回家，找妈妈去了。

“妈妈，妈妈，我的毛线衣淹死啦！”他喊道。

“上帝啊！这究竟是怎么回事，它怎么会有这个下场呢？”母亲惊讶地问道。

“它飞走了，”约根抽抽搭搭地回答说，“后来，它飞到了小河里。可是它不会游泳。”

“这太糟糕了！”母亲说，“我们得设法去救救它。”

她从一个橱里找出一柄长长的手杖，拿着它迅速朝小河边走去。约根在前面引路，把母亲带到了出事的地方。

母亲跪到地上，用手杖在河水里拨来拨去。她将手杖从水中拔出来又插进去，在河里探来探去。突然她叫道：“我觉得，我找到它了！”她从水里抽出手杖。果然不错，毛线衣也挂在手杖上。它已经湿透，约根几乎认不出它了。

“很好，我正要说说它呢，”母亲说，“尽管这样，可你把它扔到河里，我还是感到很生气。”

“我没把它往河里扔，”约根回答说，“我用脚碰了它一下，可没想到它干脆就飞到河里去了。”

“不管怎么说，你把它脱了，这是件好事。穿这件衣服太热了，”母亲说，“我觉得，今天不穿衣服也行。”

约根完全忘了，他正光着上身跑来跑去。他身上根本就没一点儿能遮掩胳膊肘的东西。他一点儿也不觉得冷。母亲说得对，今天够热的，根本就用不着穿毛线衣。

母亲朝他看了看，说：“等毛线衣晒干，得很长时间。看来现在你只好穿我给你的那件夏季套衫了，你的这件‘夏装’得干了才能穿。”

约根在踢那件毛线衣时可没想到这档子事，不然他才不会踢呢。那件讨厌的红套衫！可他现在说什么也得穿它了，好歹试试再说吧，看看穿上它会是什么样子。但愿别碰到马丁！

可是，他偏偏遇上了马丁！不过马丁这会儿同那些大孩子玩得正带劲儿，根本没注意到约根穿着一件红色短套衫。

04

硬币

手里有一枚属于自己的硬币，这可是世界上最美的事了！是整整一克朗！而且是你不用塞进储蓄罐里的一克朗，是你平时眼睁睁地塞进去后又要摇一摇储蓄罐，证实它是否真的在里面的一克朗！

一枚硬币，你可以不用存起来，可以用它来买你想买的东西。你可以用这一克朗来干你想干的事。

约根得到一枚一克朗的硬币，并没有什么特别的原因。他并没有干什么值得获得报酬的事情。

父亲轻易地给了他一克朗，并说："给你点儿钱，孩子。去小店里买根冰棍吧！"

父亲这意思并不是说，一定要约根去买一根冰棍。他只是想表示，约根可以不必把这钱塞进储蓄罐。而约根也很想花掉这钱！

他随即便朝那个小店跑去了，小店就位于那条贯穿整个哈默比的大路边。到那儿并不比到大商店远。一路上约根在思考，他可以用这一克朗买些什么东西。一般来说，一克朗大概可以买许多东西。

他可以买一大块巧克力，有果仁的，没果仁的也行。可是他转念一想，最好别这样做。除了买一大块巧克力外，他还可以用这一克朗干点儿别的事。

他可以买那种二十五欧尔[①]四小块的巧克力，这种巧克力比那种一大块的要好。

要么再买十块口香糖，再买二十粒糖果。这可是一个很大的数目，相当于两只手的手指头的两倍那么多。再说，二十粒糖果加起来也要比一块巧克力长，尤其是那种硬的高级奶糖。

他决定了，要买那种糖果。另外还可以买一些巧克力外皮。

想到这里，约根跳了一下。他感到很快乐，因为他到小店那儿去，他可以按自己的心愿买东西了。

他从家里跑出去时，那枚一克朗的硬币就被牢牢地攥在手心里，因为他怕它丢了，所以手捏得很紧，结果手掌都发热了，汗也出来了。这使他觉得难受起来。

---

①一克朗等于一百欧尔。

这时约根把那枚硬币塞进了裤子口袋。他得小心点儿，别让它发热，要不然，万一熔化在手心里那可不得了！

他终于来到了那家小店铺前。约根可以买他想买的东西了。有几个孩子站在那儿，他们正羡慕地望着那些放在小陈列柜里的精美食品。他们一定都没有钱。

约根将手插入口袋，想去掏那枚硬币。在花出去之前，他还想看看它。

可是，他没有摸着那枚一克朗的硬币。它一定是躲到哪儿了。他找呀找，可是裤子口袋里旮旮旯旯都找遍了也没找到。

他把这枚硬币给弄丢了。这枚漂亮的闪闪发光的硬币，这枚属于他一个人、他想用来买糖果的一克朗硬币！硬币丢了，不见了！这一定是刚才跑来的时候，因为一时高兴蹦跳时丢掉的。

想到这里，约根转过身去，立刻往来的路上跑去了。幸亏他还没有开口对小店铺那个太太说，他要买一克朗糖果，要不然那有多难为情呀！

他一口气跑到那个刚才他蹦跳过的地方。他放慢脚步，慢慢地继续往前走，一边仔细地朝周围察看着。

突然，离他几步远的前边，有一个东西躺在路上，而且还在闪闪发光呢。这可能就是那枚硬币。

他往前跑去，然后蹲下身去。那东西果然是他的硬币。

“嘿，你在干吗呢？”

约根突然间听到有人在喊叫，不由得吓了一跳。可他刚才并没看到附近有人呀。

他抬头一看，那个讨厌的马丁正骑在他那辆碰也不让别人碰一下的蓝色新自行车上，连人带车地横在他面前。

“我在问你呢，你在干什么？”马丁又问了一遍。他一只脚撑在地上，另一只脚踩在自行车踏板上。

他将两只手插在口袋里，这时他朝约根跟前的地上吐了一口唾沫。约根知道，这意味着什么了：马丁脾气暴躁得很，他又要找麻烦了。

“我，我……”约根吞吞吐吐地说，嗓音也变了。他觉得嗓子发干，似乎连话都说不出来了。

他非常怕这个男孩。马丁个头儿很大，眼下骑在那辆新的蓝色自行车上显得更大了，似乎比他们上次见面时还要高大许多。

“你这小子，在这儿干吗？”马丁用一种咄咄逼人的口气问道。

“我把一克朗硬币弄丢了，本来我可以用它想买什么就买什么的。”

“就是这一克朗吗？”马丁问，一边指着约根面前地上那枚闪闪发光的硬币。

约根点了点头。他担心，马丁会对他干出点儿什么事。

“我也丢了一克朗，”马丁说，“你在哪儿看到它吗？”

约根摇了摇头。他觉得，他好像吓得发起抖来了。

如果他岁数像马丁那么大，身体再强壮一点儿就好了。这样的话，他就会抽马丁几个耳光，叫他别再这么神气活现！可是，马丁已经十岁，而他只有七岁；马丁是整个哈默比最强壮的男孩，而他同马丁根本就没法比。

“你怎么知道，这枚硬币是你的？”马丁问。

“因为我刚才就是在这儿丢掉的。”约根回答说。他似乎觉得，他的说话声比刚才更轻了。

“那么，上面有你的名字吗？”马丁问。说着他从自行车上跨了下来，然后将自行车放到路沟里。

约根摇了摇头。“可是，我就是在这儿把它丢掉的！”他轻声说道，这声音除了他自己外谁都听不见。

马丁弯下身去，拾起约根的那枚一克朗硬币。他朝硬币仔细打量了一下，然后说道：“你瞧，这儿！我的名字在这上面！”

马丁将硬币举在离约根眼睛很近的地方，可是他这样做，约根根本就看不清楚！

“瞧，看见了吧！”马丁说，“就在这儿。这枚硬币是属于马丁的！所以，这根本就不是你的钱！”

约根不知道，自己应该怎么说，或者应该怎么做。可他知道，马丁在说谎。父亲曾经对他说过，每一枚克朗上都刻着“奥拉夫”国王的名字。一般人的名字硬币上面是不会有的，更别说马丁的名字了。

马丁把那枚硬币塞进了他自己的裤子口袋。“非常感谢，你替我找到了一克朗硬币。”他说。

约根真希望自己能早一点儿长大，早一点儿变得强壮，可以揍每一个人。他真希望自己能认字，能对这个讨厌的马丁说：“你是个骗子！”

可是，约根毕竟是约根。他一声不吭地站在那里，不知道怎么做才好。他两眼直愣愣地看着马丁。马丁回头朝他冷笑了一下，随后又哈哈大笑起来。

这是一种不怀好意的笑，约根心里非常明白。

马丁重新坐到他那辆蓝颜色的自行车上。“我去买一克朗糖果。”他说，然后骑着自行车离去了。骑出几米后，他又回过头来，叫了一声：“傻瓜蛋！”

约根只是站在那儿，呆呆地望着他那两只空空的手。现在他没了一克朗硬币，没了糖果。而马丁要用那钱去买糖果了，可他连一小块也得不到！

想到这里，他的眼泪扑簌簌地掉了下来。他对发生的事无能为力。他觉得，泪水已布满了脸颊，已经淌到了脖子里。

“呜呜，呜呜呜呜。”他哭了起来。

这种事简直就不该发生。大孩子应该对小孩子谦让才是。为什么小孩子就不能不受大孩子的欺负而自由自在地活动呢？这些事为什么没人管？

这太不公平了！约根心里十分清楚：马丁的所作所为简直太不讲道理了！

05

伊甸园

在约根他们家和伦德湖之间有一座棕色的小木屋。这座小木屋被大家称做“伊甸园”。这是约根所知道的最漂亮的房子。他早已下定决心，如果他长大了的话，就搬到那儿去住。

有时候他对那些大房子有一种惧怕感。这些大房子在他眼里显得又陌生又神秘。每当他跨进大房子，从一间屋子走到另一间屋子时，心里就会发毛，同时会这样想：“从这儿我再也跑不出去了！”

可是，当他走进那座棕色小木屋时，却从没有产生过这种想法。

这座伊甸园只有两间屋子，他对它们十分熟悉，对里面的物品也了如指掌。他知道里面的床会吱嘎吱嘎作响，声音十分优美。要是能知道，它怎么会发出这种吱嘎吱嘎的声音就好了。

他知道那里碗橱的门上画着美丽的花。

他还知道餐桌上的图案是人们的即兴创作，这些涂鸦大概已经有一百多年的历史了。

他还知道那些椅子，每张椅子坐上去感觉都是完全不同的。他对每一张椅子都很熟悉，它们是他的朋友。在秋天、冬天和春天，这座棕色小木屋是属于他父亲的；不过到了夏天，便有一户从城里来的人家住进这座伊甸园度假。

夏天里外人住在那儿，约根对此也并不反对，因为他知道，他们到了秋天又要回去的。

伊甸园是他所知道的唯一一座房顶上长有青草的房子。房顶上铺着草坪，蜜蜂和小花蝶围着菊花和风铃花飞舞。

幼小的圣诞树从草茎中一棵棵地冒出来，不过最开心的事情是七月底他和玛丽亚一起在烟筒边摘草莓，还可以尽情地吃。

有时候，马丁的父亲在墙上架起一座梯子，帮助他们爬上去，他们自己则会寻找小的灌木，因为在这些小灌木边长有红彤彤的、诱人的、汁水又甜又多的草莓。

伊甸园是用大的方木料建造的，外面刷成了棕色。

在特别热的天气里，当太阳照在房子的墙面上时，约根便喜欢闻棕色木料散发出来的那股味儿。他认为这是一种最好闻的味道。

这座房子的窗户很小，很有情趣，几乎像玩具房子的窗户。

他必须靠得非常近，才能看到窗户里面的东西。窗户的玻璃已经很旧，是乳白色的，十分模糊。如果他在木屋里往外望的话，那玻璃似乎变成了黄色，天空也显得绿莹莹的了。约根有时候担心，如果他再走出这座房子的话，整个世界的颜色又会发生变化。然后他果真跑到门前，想看个究竟。值得庆幸的是，地上的草还是绿油油的，天空仍然是蓝蓝的。

如果他从房子里边透过玻璃往外看，外面的一切似乎都成了童话中的世界。他和玛丽亚常常坐在那儿，想像着那些引人入胜的故事。

在夏天，待在这座棕色小木屋里是非常舒服的。父亲曾对他说，“伊甸园”是什么意思？就是人们待在那儿感到快乐的地方。约根这才懂得，为这座小木屋起“伊甸园”这个名字是最合适的，尤其是在夏天，因为那儿的确是世界上最美丽、最舒服的地方。

一到冬天似乎完全是两码事了。伊甸园那儿积着很厚的雪，窗玻璃上也积满了白霜，房顶上的草变得又黄又干枯，在雪中瑟瑟发抖。在寒风刺骨的冬季，约根几乎一步都不敢靠近伊甸园。

不过在夏天，伊甸园的确是个乐园。

只有度假的客人到来，父亲打开小木屋的门锁时，夏天才算真的到来了。

如果城里的那户人家到来的话，玛丽亚也跟着就来了。

只要玛丽亚向约根“嘿”地叫一声，那么夏天也就向他走来了。

06

玛丽亚来了

这个夏天越来越热，也越来越美丽。

六月底的一个下午，一辆蓝色大轿车停在了约根他们家的门前。

这时候他们刚吃过午饭，约根正在帮助母亲收拾桌子。他俩赶紧将手里的东西放下，父亲从起居室里迎了出去。

他们一起来到外面，站在了房门前的台阶上。他们知道这是谁来了，因为他们已经等待了好几个小时。

这是几个从城里来的度假客人。他们来，是要在伊甸园度过这短暂的夏天。尤其是约根，这个日子他已经焦急地等待了好几天。因为尽管眼下正是夏季，可寂寞地待在这幢房子里，对他来说仍是件十分痛苦的事。不过，他等待玛丽亚，主要是因为她是他的好朋友。

那辆蓝色大轿车经过长途旅行，已经蒙上了一层灰，变得很脏了。在车顶的架子上绑着钓竿和气垫。行李厢的车盖也没有盖严实，因为里面装满了度假用的行李。

这时，副驾驶座边上的车门被打开了，一位妇人从里面钻了出来，然后从车内拿出一只手提包，接着又拿出一只背包和两只篓子，把它们都放在了地上。这时她从头上取下那顶黄色的大草帽，约根这才认出了她。她是玛丽亚的母亲。

她微微笑着，露出了两片红嘴唇间的大白牙。她的脸膛是晒成棕褐色的那种颜色，看上去好像是长期在太阳底下干活儿似的。

“嘿，”她一边叫道，一边向同时迎上来的约根的父母伸出了两只手，“我们又见面了。你们可以想像，我们上这儿来有多高兴。”

父亲微笑着，并说，你们能来那真是太好了。母亲也微笑着，也跟着说，他们重新见面，她觉得非常开心。

随后，玛尔吉特的目光落到了约根的身上，这时她笑得更欢，牙齿也变得更大了。

“可不是吗，这真的是约根！”她说，好像她刚才经历过一场很大的意外似的。说着，她抱住了约根的头，轻轻地摇了摇。

没错，约根说。说实在的，他就是因为这个才特别喜欢玛丽亚的母亲，她不像别的阿姨那样，老是要摸他的头。

她仍站在他的面前。可约根却有点儿担心了，生怕她还会说什么。

“你在家里，这真的是太好了！玛丽亚早就盼着要和你见面呢！”

说着，玛尔吉特转身走到汽车跟前，打开后边的车门。

约根断定，玛丽亚的母亲是他所接触过的除了他的母亲以外最可爱的妇人。她从不说一般女人在过了一年之后重新见面时说的那种话。如果是别的女人，她们也许会说：“哎呀，自从我们上次见到你以来，你一点儿也没有长啊！”

这时，一个大男孩从汽车的后座上爬了出来，尽管他已长得十分结实，可过了一年之后约根还是一眼就认出了他。这是谢尔，玛丽亚的哥哥，也是世界上最好的风筝制作者。约根希望谢尔别长得太大，希望他一直对制作风筝有兴趣。谢尔同约根的父母一边握手，一边微微鞠躬致意，并且说，很高兴又到这儿来了。

谢尔变化很大。他的鼻子长得很大，脸上长有大概一千个红点子。约根觉得，他看上去糟透了。

谢尔开始麻利地从车顶上解下钓竿。

“你解钓竿时小心别把气垫扎破了！当心点儿！”谢尔的母亲叫道。

“这种危险是不存在的，因为里面没有空气。”一个声音从前座上传来，紧接着便有一个人从那儿露面了。

约根的父母异口同声地叫道："哦！这怎么可能呢！差一点儿认不出来了！"

约根一点儿也不明白他们指的是什么，因为这个人他根本就不认识。他肯定是一个他以前从没有见过面的人。

那人只是一个劲儿地笑。当他朝约根打量时才眨了一下眼睛，说道："对你们来说，真正的夏天还没到呢，我们一到夏天就开始了！"

约根这才醒悟过来，这人是克里斯托夫，是玛丽亚的父亲。因为他去年夏天来的时候，一下车也是说的这么一句话。约根还从他的眼睛和笑容中认出了他，可这个克里斯托夫的那把黑色胡子同以前完全不同了。

"你这把胡子看上去真不赖。"父亲说，一边同他使劲地握了握手。

"看上去真不错。"母亲也跟着说。

"你真的这么认为吗？"克里斯托夫问父亲道，接着他拥抱了一下约根的母亲，拥抱得非常紧，以致她不由得连连叫"啊"和"哦"，然后又说："这太扎人了！"

这时大家都笑了起来，都感到很高兴，都觉得这很有趣。克里斯托夫又朝约根弯下腰来。"你好，小大人！"他说，"现在夏天又正式开始了！"

约根两眼一眨不眨地盯着他那把胡子，盯着胡子间那只随着克里斯托夫的说话而不断开启的窟窿。最后他干脆伸出一只手，小心翼翼地摸了一下他的胡子。

“他真诚实，”克里斯托夫说，“他长大了。千万别以为我在大热天还装扮圣诞老人。”

“他只是想改变一下自己的形象。”玛尔吉特说。然后她埋头在一只手提袋里寻找起什么东西来，那东西看来她一定是忘在家里了。

似乎还缺少一个人来着，此人对约根来说恰恰是最重要的。

约根透过汽车的后窗朝里面张望，可里边尽是些纸盒、包裹和纸袋，它们挡住了他的视线。

“玛丽亚！”玛尔吉特大声喊道，“难道你不想下车吗？”

车厢里传来了叽里咕噜的说话声，可是约根没听清楚是什么话。接着他突然发现，里面的东西全动了，纸盒子滑落了下来，几本书翻在了地上，堆得像小山似的包裹也纷纷滚落下来。接着玛丽亚一下子在汽车前出现了。

约根一眼便看到了她那短短的鬈发，她那红彤彤像苹果似的小脸蛋以及她那两只大大的蓝眼睛。她仍穿着去年穿的那条长裤。这是一条膝盖上打着补丁、屁股后面已经有点儿鼓起的裤子，穿着它旅行可能会很舒服的。

“让我下车也太难了，这么多东西挡着道！”她气鼓鼓地说道。

“现在你不是下来了嘛。”母亲玛尔吉特安慰她道。

约根打量着玛丽亚，他在辨认她。他觉得没错，这一定是她，这不可能是别人，尽管他还有一点儿拿不准，可他又觉得，她同以前的玛丽亚又有点儿不同，究竟什么地方不同，他又说不清楚。

“哦，你长成大人了！”约根的母亲惊叫道，一边拍了一下手。

“也比去年夏天结实了。”约根的父亲说。

约根心里最清楚玛丽亚怎么样：她的确长大了。去年夏天她比他还要矮一点儿，他看她的视线是往下的，而她看他时是抬头朝上的。

可眼下他觉得，情况完全两样了。她现在同他说话时，眼睛是朝下看的，而他必须抬头望着她。

约根觉得，他似乎变小了，可他的手在长大。他想把两只手插进裤子口袋，可他的裤子根本就没有口袋。约根的脸突然变红了。不过玛丽亚没有发现他的脸在发红。这不是去年夏天的玛丽亚了，这也不再是他最要好的朋友玛丽亚了。

玛丽亚从父亲到母亲逐个儿打量过来，最后将视线落在约根的身上。他俩互相打量了一会儿。看样子她好像在确认，他还是不是去年夏天那个约根。

过了一会儿，她突然笑了，并且朝他跑了过来：“我胳膊上让一只动物扎了很深的一条口子，这连我爸爸都没有看出来。你想看看吗？”

没等约根回答，她便将胳膊转过来，将那被扎的伤口指给他看。那地方有点儿肿，而且是红红的，看上去很怕人。

“唔！”约根问，“疼吗？”

“疼的。”玛丽亚回答说，“不过我要是能得到一本书和一块巧克力，那就会好多了。要是今年夏天我能得到你那辆沃尔沃，那就更好了。”

沃尔沃是玛丽亚去年夏天最喜欢玩的玩具轿车。如果真这样的话，那没什么大不了的！为了使玛丽亚完全恢复健康，他没有什么不可以做的，只要她真的喜欢那辆讨厌的玩具轿车。何况，这辆车在冬天时不知怎么搞的，丢了一只前轮胎。

“你就会得到它的！”约根说。

“太棒了！”玛丽亚叫道，“有你这句话，我就已经好了一大半！”

玛丽亚一定还没有发现，她现在已经长得比他高了。约根几乎不敢抬头看她，因为这样做很容易会将她的注意力引到这方面去，她发现这一情况后也许会开始嘲笑他。不过玛丽亚一点儿也没注意到。不管怎么说，她对这事一字没提。她只是在向他描述朝哈默比一路过来那漫长而又炎热的旅途情况。一开始她狼吞虎咽地吃了许多小面包。后来就觉得不舒服了，结果就吐了，把父亲那件新茄克都弄脏了。接着便是一只轮胎坏了，可是父亲又没有带备用轮胎。后来谢尔也因为吃了过多的黄油面包而感到不舒服，不久也吐在了父亲的新茄克上。

总而言之，这次旅行糟透了！

大人们站在那儿，在聊着这些一路上发生的事情。谢尔则在一边忙着从车上卸行李。到小木屋那里还有两百米的路，这最后一段路他们必须把东西拖过去。

大人们没有注意约根和玛丽亚，约根觉得这样很好。他觉得，他在同别的孩子交谈时，如果大人们在一边站着听的话，那样很不方便。

“你还爬树吗？”玛丽亚问。

约根摇了摇头。“不爬了，”他说，“不过今年夏天准备去爬那块大岩石。”

“马丁还那么讨厌吗？”

“他变得更坏了。现在他比之前还要讨厌十倍！”

“哦，天哪！”玛丽亚叹息道，“不过，我打算今年夏天要揍他一顿！”

“你永远休想！”约根断言道。

“我们要打赌吗？”玛丽亚说，听上去似乎有点儿生气了，“我练了整整一个冬天的身体，我老实告诉你，在幼儿园里所有的人我一个个都试过了，没一个比我强壮的。”

玛丽亚看上去的确要比去年强壮多了。可惜，约根仍同以前一样瘦弱。他刚才就在担心，如果她发现他这种情况，她会说什么的。但愿她发现了以后不会讽刺他或者讥笑他！如果玛丽亚为这事伤害他，他会受不了的。

“布龙德好吗？”玛丽亚好奇地打听道。

“去年秋天它逃到树林里去了。”约根回答说。

布龙德是一只狐狸，它是去年夏天父亲在园子栅栏的门前发现的，当时它的爪子受伤了，正一瘸一瘸地走着。约根和玛丽亚照料了它整整一个夏天。

“哦，这太遗憾了！”玛丽亚说。

“不，”约根回答道，“爸爸说，它回到原来的地方去，对它来说是最好的结果，因为那儿才是它真正的家。在我们这个哈默比，它绝不会幸福的。”

玛丽亚考虑了一会儿，然后说道：“那当然，这是肯定的。我是说，它今年夏天要是在这儿那该多好啊。不过，尽管如此，这个假期结束我回去时，我还是会高高兴兴的。”

约根没听明白她这话。居然还有人认为，还有别的比哈默比更好的地方。可是玛丽亚就是这个意思呀。

“我们的岩洞还在吗？”玛丽亚问。

约根点了点头。

这个岩洞是他们去年夏天在一块大岩石后面发现的，它几乎被淹没在伦德湖的下面。这个岩洞很小，刚够坐两个人，如果他们待在里面是不会被人发觉的。

他们觉得这是一个秘密，没有把这个地方告诉其他任何人。这个岩洞只属于约根和玛丽亚。

这期间谢尔已经把行李包裹全卸下来了。父亲克里斯托夫和母亲玛尔吉特把它们整理了一下，然后克里斯托夫背起一只大口袋，又提上一只箱子走了。

母亲玛尔吉特也提起了一只箱子和一只手提包。

约根的父母也赶紧将余下的手提包和手提纸袋抓在了手里。

约根和玛丽亚走在队伍的最后面，他们什么东西都没拿。谢尔肩上扛着摇摇晃晃的钓竿在前面走，他们则紧紧跟在谢尔的后面。

就这样，大家鱼贯而行朝伊甸园走去。约根的父亲越过其他人，走到了队伍的前面，因为他带着开那座小木屋的钥匙。度假客人从来不会把钥匙带进城去的。再说，伊甸园的门也不会自动打开的。所以，这件事历来都由约根的父亲来做。

“等一下，这儿多美呀！”母亲玛尔吉特说，“肯定比去年还要美！”

“是啊，这座小木屋真是一个乐园！”父亲克里斯托夫说。

没有人对此表示异议，因为大家心里都一致认为，它的确是一个乐园。至于它是否真的比去年还要美，约根和他的父母亲都说不上来，因为他们一年到头都生活在这里。凡是在眼皮底下一直看到的东西，人们往往是觉察不到它会有什么变化的。

“又来到这里了，我真是太高兴了！”玛丽亚悄悄地对约根说道，“对我来说，不到伊甸园来，就不是真正的夏天。”

“棕色小木屋已经孤独地等待了你们一年，”约根说，“现在你们终于来了，这真好！”

是啊，从今天开始才是真正的夏天了，约根也是这么认为的。他一边这样想着，一边情不自禁地跳了起来。他决定，干脆把玛丽亚现在长得比他高这档子事忘记掉。她毕竟还是以前那个玛丽亚。就这样了，一切还是老样子吧！

07

梦中漫游

当约根醒来时周围还是一片静悄悄的，外面连一点儿风都没有。约根静静地躺在床上，倾听着动静。

整座房子还沉睡着，连屋梁发出的轻微的嘎嘎声他也听得一清二楚。

父亲和母亲多半也仍然睡着。约根一点儿也没听到厨房里往常那种由母亲弄出来的餐具磕碰声，也丝毫没听到花园里有父亲的动静。看来现在还不是真正的早晨。

太阳已经升起来，金色灿烂的阳光从窗户上照射进来。到了夏天，挪威太阳只在半夜之前休息很短一段时间，继而又马上挂在了空中。约根发现，太阳在玩弄花招，它把自己藏在山后面，藏到确信所有父母把孩子们撵到床上，而且等孩子们一睡着，嗨，这个太阳又马上跑了出来，把大地照得黄灿灿、暖融融了。

约根房间的窗户敞开着，他竖起两只耳朵倾听外面世界的动静。几只鸟在润嗓子，然后十分拘谨地唧唧喳喳地叫了起来。它们大概并不想把这座沉睡的房子唤醒，它们要让约根和他的父母多睡一会儿，因为在这个早晨气氛似乎还是夜晚。

可是，约根一点儿困意都没有了。他心里似乎有一丝丝快意，搅和得他睡不着。这种快意也使他觉得心里痒痒的，于是他便情不自禁地笑出了声。他有这样的感觉：似乎玛丽亚来了，这夏天才算是真正来了。

玛丽亚同他在一块儿可以玩世界上的任何游戏，他们从不吵架。她从不嘲笑他，她也不怕马丁。她是他所认识的城市里最漂亮的女孩，这一点他比任何人都坚信不疑。

他很不愿意去想玛丽亚现在长得比他高这个问题，尽管如此，可他还是这么想了。他一想到这个问题，肚子上某个地方就像是给虫咬得痒痒的。他恨不得快点到明年，那时他已经长大。这样一来她就会看到，究竟是谁高啦。

约根穿上了蓝色的运动短裤。对他来说，现在穿上它已不再那么糟糕，因为他的腿已经变成棕色。乍一看，他似乎穿上了一双长袜子，这样，他的膝盖也不显得那么尖了。

另外，他没再同马丁和其他人吵架，因为他们也没对他的膝盖和他的胳膊肘恶言恶语嘲笑过。

他踮起脚尖，提着鞋子轻手轻脚地往楼下走。房门被轻而易举地打开了，他站在门口的台阶上。夏天来了。他感觉到了夏天的气息。他起得太早了，可是，气候已经很暖和。他将鞋子放到台阶上。他干吗还要穿鞋子？赤脚走路可以增添很多乐趣。草是湿漉漉、凉丝丝的。不过草茎上的水珠不是雨滴，而是落在草上面的露水。这一颗颗硕大的露珠是晚上不知从什么地方爬过来的，而到了白天，在阳光下它们又变成了一颗颗明亮的水珠。约根朝一朵较大的春白菊弯下身去，仔细地打量着它。两颗露珠躺在花中间那黄色的花蕊上，呈现出五彩缤纷的光彩，看上去就像约根的颜料盒。

太美了！太美了！真是美极了！

草茎缠绕在他的腿上，仿佛要阻止他往前走似的，不过他还是挣脱了出来，继续往前走去。

他的脚印在湿漉漉的草地上留下了一条小径。阳光很快便把露水舔干了，草茎不久会重新直立起来，他的足迹也会消失殆尽。

一般来说，人们对待草茎远比对待花要小心谨慎，因为草茎有可能是锯齿形的，或者是有毒的和危险的；它们可能是一把把隐藏在脚底下的刀剑，随时都会给你带来不幸。不过，它们倒也构成了一片绿色的波浪。所以，此时此刻，约根宁可相信它们是一片草而不是别的什么，尽管这样，他仍有点儿害怕，因为它们毕竟不是十分安全的。

约根在想，蜜蜂、甲壳虫和蝴蝶它们究竟在哪儿睡觉呢。往日它们这时已经嗡嗡嘤嘤地在草茎和花朵上飞来飞去，翩翩起舞了。这时，有一群看上去有点儿像小玩具熊一样的花蜂出现了，这些花蜂使人想起那篇童话《灰姑娘》中的王后。它们嗡嗡嘤嘤地飞来飞去，从一朵白花上飞到一朵红花上，然后又朝一朵黄花那儿飞去了。

这真是一个奇特的景象。约根怎么也不明白，这么多的花蜂，它们密密麻麻地在空中飞来飞去，怎么不会互相碰撞。

这时花蜂们向他飞来了，它们围着他嗡嗡地叫着。他一点儿也不喜欢它们，它们这样缠着他，使他感到十分恼火。一只大花蜂甚至降落到了他的耳朵上，而且偏偏还要用它的前腿在那里摩擦。约根实在受不住了，一巴掌朝它打去，当然没打着它。可是，它马上又停在了原来的地方。

遍地都是花。这儿有成千上万朵鲜花在竞相开放。尽管如此，世界上别的地方还有更多的花在开放。现在到处都是夏天了，绿色的草地和牧场上到处都是盛开的花朵，这真是一个奇特的想法。

在世界上，黄颜色的花肯定是最普遍的，款冬和蒲公英都是黄色的。不过，蒲公英已经凋谢了，现在它们那一根根茎秆支撑着白发稀疏、球体状的脑袋，在微风中摇曳。约根小心翼翼地穿过草地，以免那些蒲公英受到震动，头上的毛发飘落下来。如果那些毛发脱落下来，那就糟了。

那种紧贴地面生长的、开着小黄花的植物约根不认识。还有那种长到膝盖处的很大的植物，他也叫不上它们的名字。在它们之间开着许多红色的和蓝色的花。风铃草显得十分纤弱，还有那长在小河边大树底下的紫罗兰看上去也是那么娇小。至于那种小小的三色紫罗兰，按照约根的意思，干脆叫它母亲花或者妈妈花更好些。

眼下四周一片静寂。公路上没有隆隆的汽车声，树林中也一片空荡荡的，公路边的砾石路上一个人影都不见，只有鸟儿和昆虫不时发出的一两声鸣叫。

约根抬头朝那座房子望去。它仍然沉睡着。他望着这个“伊甸园”，所有的窗帘都还没有打开。玛丽亚和她的母亲玛尔吉特、父亲克里斯托夫以及谢尔都还睡着。

约根似乎是整个世界上唯一醒着的人。

突然，仿佛有什么情况。约根一动不动地站在那儿倾听着。的确有什么动静。他朝树木望去，树木似乎伸展了一下它的树枝，打了个哈欠。

晨风发出一阵沙沙的声响，这微风仿佛是在向树木发出起床的信号。

桦树在微风中簌簌作响，它们摇动着树叶，似乎在轻声耳语；高大的冷杉树懒洋洋地抖了抖它们的枝桠。

风又朝地面上跑去了。这时，草都弯下了腰。趁风喘气的那一瞬间，草又赶紧直起了身子，可是风马上又向它们扑去了，于是草只好不停地摆动着身躯。

随即，整个大地都摇动起来了。露珠被纷纷从树上抖落下来，风又将它们撕成了小水滴，于是，约根的脸便被打湿了。

地面变成了一个湖泊，又变成了一片海洋。浪花飞溅，海水不时地打在约根的脸上。他正处在大海上的一只小船中，为了使自己不至于掉进海里，他拼命地划桨。此时此刻，可千万别晕船啊！

浪涛越来越汹涌，并一个劲儿地朝他的船涌来。他必须把船掉个头，他成功了。他使出浑身的力气划着桨，他终于划到了岸边。

当他两只脚又踏上他们家前面的台阶，他将小船紧紧地系在草坪上刚被修剪过的丁香花丛上，这才如释重负松了口气。

约根站在那儿，望着那波涛起伏的大海。这真是一次惊心动魄的漫游，而且还独自一人在大海上同风暴做了一场斗争。

可是，约根这时真正醒了，他睁开了眼睛，外面的确起风了。

08

一切都和去年夏天一样

“我一定要弄明白，所有一切是不是还同去年夏天完全一样。”玛丽亚一边说，一边把杯子中的牛奶一饮而尽。

约根坐在桌子的另一头看着玛丽亚。一大早他便吃完了早餐，然后坐在伊甸园门口的台阶上，等着里面的人醒来。

可是，他们睡呀睡，最后他只好耍了一点儿小聪明，这样才把他们弄醒了。他抱了一只小猫过来，小心翼翼地打开门，把它放了进去，这样他们便醒了。

母亲玛尔吉特在房间里走来走去，她一边唱着歌，一边将几束花插到牛奶瓶中。

“啊，你多么美啊，请停留片刻[①]！”她一再重复着这句话。

---

①这是德国伟大诗人歌德《浮士德》中的一句最有名的诗句。

父亲克里斯托夫穿着游泳裤出去了，他要去捕捉鲈鱼。谢尔还没醒，或者至少还不想起来，因为他把枕头盖在了头上。

“吃完了，谢谢。”玛丽亚仍然像在家里时那样说道。

“现在我和约根一道出去，我们要看一看一切是不是还是老样子。”

“你们去吧。”玛尔吉特说道，一边自顾自认真地打量着春白菊和风铃草。

约根和玛丽亚出去了。玛丽亚穿着一条几乎同约根一模一样的蓝色短裤，不过她穿着的毛线衣却是白色的。

他们走到门口站住了。约根还不知道，玛丽亚有哪些打算。她为什么要说，她去看看一切是不是还同去年一样漂亮？不过他只要跟着她走就是了。然后他就会看到她想干什么了。

玛丽亚先打量了一下这座小木屋，然后她点了点头：“嗯，这座房子同去年比，没怎么长高，”她说，“这样很好，因为它已经够大了。”

他们朝前走去，一边摸了一下灰色的木栏杆。

“多么热啊！”玛丽亚对约根说，“你觉得，太阳会把它们烤焦吗？”

“不会的。”约根回答道，“太阳只会把它们烤热，而且这只是在夏天。同我们一样，它们完全能经受得住！”

“哦，”玛丽亚说，“非常感谢，可爱的太阳。”她抬头对着天空喊道。

然后她看着约根。“去沙箱那儿！”她说。

“沙箱！”约根重复道。

去年父亲克里斯托夫给她搞了一个很大的沙箱，她在那里建造城堡，做烤饼，让小轿车从那儿开来开去。自从去年夏天以来，约根没再去那边玩过。他觉得，沙箱要是没有玛丽亚是一点儿也不好玩的。

他们绕过了伊甸园。在一棵高大的松树下面，有一大堆用结实的木板条围起来的沙子。

“嗯……”玛丽亚从远处认真地观察了一下，随后，又走近沙箱，对它仔仔细细地打量起来。

“你找什么？”约根问。

“嗯，”玛丽亚咕哝了一声，脸上露出一副怪怪的表情，“它一点儿也没变。”过了一会儿，她才这样肯定道。

她蹲下身去，用一只手抓了一把沙。

“自从去年夏天以后，你没有再到这儿来玩过吗？”她问。

约根摇了摇头。他不想对她说，他一个人上这儿来不好玩，尤其是没有她……

“一切都和去年一样。”玛丽亚说，这声音听上去十分动听。

她站起身来，朝山下伦德湖那个方向走去了。

“去我们的岩洞！”她说。

约根跟在她后面。他已经估计到，她会去那儿的。在从伦德湖到伊甸园的路上有一块大岩石，岩石后面有一片刺柏丛，那个岩洞的入口处就藏在那片刺柏丛中。

“这里有点儿变样了。”当他们跑到那里时，玛丽亚说。

约根看着她认为变样的东西：洞口前面长出了五朵高大的红花，它们看上去就跟站岗的哨兵一样。

这情景也许是要表明：现在是夏季，这个岩洞是属于它们的，而不再是属于约根和玛丽亚的。

可是，玛丽亚才不怕这些岗哨呢。她小心翼翼地把它们的茎秆拨到一边，这样她就可以轻而易举地进去了。

“瞧！”她说。约根朝洞中望去。

“它变样了，看上去好像不是我们原来那个岩洞了。”玛丽亚高兴地说。

不错，它看上去真的变样了。

其实，这个岩洞只是一个一般的洞。玛丽亚钻了进去，约根也跟着爬了进去。这一年当中，它似乎变得有点儿狭窄了，不过只要他们把身体缩一下，仍然可以并排坐着。

约根觉得，这样坐着挺不错，坐在玛丽亚身边有一种安全感。除此之外，他似乎还有一种朦胧的舒服的感觉。

“我觉得，这个岩洞好像缩小了。”玛丽亚说。

可是约根认为，玛丽亚觉得岩洞变小了，这是因为她自己长大了。不过这话他没有说。这也挺奇怪的，她自己居然没有察觉。

“你看上去脸色非常红。”结果他这样说道。

不错，她脸色的确很红！就像他冬天时看上去一样，脸上有一块块的红斑。

“你脸上发红了！”他说。

玛丽亚望着他，然后她笑了。这时连她的牙齿好像也发红了。“你也发红了。”她回答说。她又看着自己的手和膝盖，它们也发红了。

可是，约根马上又发现，她的脸不仅变红了，而且还出现了红斑。

他抬起头来。突然他明白，这种红斑是怎么回事了：那几朵大大的花已经倒在了洞口上，把原来照进岩洞的阳光给挡住了，这样，通过花照进来的阳光就变成红光了。

“瞧，”约根说，“太阳和这些花在捉弄我们！”

“哦，多么漂亮啊！”玛丽亚说，“我们得了麻疹，不过我们可以把这当成游戏。”

约根摇了摇头。“不，”他说，“这种游戏我不想玩。得麻疹这种游戏不好玩。这点你得相信我。”

“尽管如此，可待在这里挺不错呀，”玛丽亚说，“现在这是我们的岩洞呀。”

她的声音一下子变轻了，因为她的心突然莫名其妙地抽搐了一下。

约根也觉得有一股冷意从脊背上掠过。这个岩洞在他们眼里突然变得有点儿神秘了。

玛丽亚仍在轻声嘀咕着，似乎她还有许多事情要对他说。约根开始觉察到，附近好像有什么东西使他们感到不舒服。

他发现，角落里有股冷意在朝他们袭来，坐在光秃秃的地上也变得不舒服了。他忽然又听到，他身后的岩壁上好像有一滴滴的水珠落下来。接着他又觉得，岩洞好像在喘息，有点儿在动。他似乎觉得，如果他不马上爬出去的话，洞口就会被封上，他就再也跑不出去了。

他不想再在这个洞中待下去了，他也不在乎这个岩洞是不是会变成红色的。把这个可以待两个人的岩洞留给她一个人去吧。如果大人们知道他们藏在这里面，一定会骂他们的。马丁和别的孩子也会嘲笑他们的，或者甚至会为他们感到难过的。

“我要出去了！”约根大声叫道。

不等玛丽亚再说什么，他就爬了出去。玛丽亚跟在他后面也出了岩洞。她露出一副心满意足的样子。

“我觉得棒极了！”她说，“一年来，我们这个岩洞变得明亮了。现在我们待在下面就不用害怕了。”

“不，”约根回答说，“我不这么认为。这只是一个一般的岩洞，我不想再待在里面了！”

“可是，它毕竟是我们的岩洞呀，你这个傻瓜。”玛丽亚说，她有点儿生气了。

约根没再吭声。

玛丽亚一下子忘了她还打算说的话。她叫道："不行，我还想知道，在这一年当中，有什么东西同去年夏天不一样了！"

她奔跑起来，跑到离小路不远的地方，在一棵干枯的桦树面前站住了。

玛丽亚睁大眼睛打量着这棵桦树。"你记得不，去年马丁是唯一一个能够爬到树顶上去的人？"她说。

"是的。"约根回答说。这件事约根记得太清楚了。当时所有的男孩一个个都试过了，可是没一个能够爬到最上面的树梢上。那情景看上去好像他们都想爬上去，而马丁硬是不让他们爬到最上面似的。

约根当时非常害怕，他根本就没敢试，只是站在一边观察着。后来他甚至怕马丁会逼他爬，于是整个夏天只要别人在树木附近玩，他就不敢往那边去。

"现在试一下。"玛丽亚说，没等约根回答，她就已经抓住最下面的树枝，开始往树上爬了。

约根张着嘴，瞪着两眼望着她。那情景看上去就跟马丁在爬树一样，同他比简直不分上下。玛丽亚爬得非常快，动作也同别的大男孩一样灵活。

去年夏天玛丽亚肯定没有试过她会不会爬树，因为她是一个女孩嘛。不过，也许她偷偷试过。约根在一边注视着，她爬得并不是特别高。可是现在——她毕竟是跟一只小松鼠似的在爬着！

约根在担心，她会不会掉下来。在他认识的女孩子当中没有一个会爬树的。他做梦也不会想到，一个像玛丽亚这样的小姑娘一年之内会变得如此厉害。

“千万别摔下来！”他胆怯地叫道。

“别瞎说！”玛丽亚从上面回答道，“我觉得，这一点儿也不危险！”

说这话间，她已经坐在了最上面的树杈上，只见这根树杈又分出了许多细细的分杈。她坐的地方正好是去年马丁坐过的那个地方，当时马丁还在那里喊，除了他以外没人能爬到这么高。

“你看，”玛丽亚朝下面喊道，“今天我成功了。”

这时，她坐在上面上上下下地摇晃起来。

“别摇！别这样做！”约根叫道，一边把两只手捂住了脸，不敢再看下去了。

玛丽亚放声大笑起来。“一点儿也不危险的！”她喊道，“快上来吧！”

可是约根不会爬树。他不敢爬，也不愿意爬。

他很不喜欢在树上爬上爬下，它们那么高，爬上去又那么危险。尖尖的树枝常常把他脸上或手上的皮划破，每次他抓住树最下面的树枝荡秋千，都会摔个四仰八叉。

他还从没有尝试过要爬到一棵树上去。玛丽亚仍在上面摇晃着。“快爬上来坐在我身边，”她又喊叫起来，“上来，快

上来！”

“你别这样摇，”约根也朝上喊道，他快急哭了，“停下来！”他几乎是在哀求了，“别摇了，好不好？”

她仍在高高的树上一上一下地摇晃着。约根每看她一眼，心就不由得抽搐一下。他又用两只手捂住了脸。

可是玛丽亚没听他的，她仍在使劲地摇着，像一阵风似的在树枝间蹿上蹿下。树枝不时发出嘎吱嘎吱的声响。

“咯嚓！”树枝突然发出了一声巨响。

玛丽亚不再摇了。约根一边喊一边望着上面。他刚想做点儿什么，这时只见好像有什么东西嗖地一下从树枝间落了下来。这是玛丽亚。

“砰！”玛丽亚重重地摔在了绿色的苔藓上。

约根朝她扑了过去。“玛丽亚，”他哭了，“你怎么了？”

玛丽亚坐了起来，一只手按在左手臂上，那上面被刮了一道口子。

“我掉下来了。”她说，声音有点儿颤抖。

她站了起来。“这个秋千一点儿也不保险。”她说。两人抬头朝树梢上望去，只见上面一根树枝上出现了一个断口，这根断裂的树枝往下耷拉着。

“你看见了吗？”玛丽亚问，从她说话的声音中听出，她又勇气十足了，“我爬到了树冠上，我爬到了最高的地方。”

玛丽亚一点儿也没伤着！不错，她只是被刮了一道口子，而且很浅，她一点儿也不觉得痛。

她一边哼着歌，一边跳跳蹦蹦地回伊甸园去了。其实，她一只脚有点儿疼，不过她根本就不在乎。究竟是什么力量使她变得这样勇敢的呢？她成功地攀上了马丁爬过的那棵大树的树顶！

“这个伊甸园还是那副老样子，”玛丽亚说，“那只沙箱也完全没变。甚至连我们那个岩洞也同过去一样，只不过里面的光线有点儿变样了。不过我也变样了，我把马丁爬过的那棵树给折断了一根树枝。”

这一路上约根没吭声，他露出一副闷闷不乐的样子。玛丽亚长大了，比去年夏天结实和勇敢了。可是他的个子仍然这么矮小，仍然这么柔弱胆小——简直同去年一模一样。他一点儿也没有变。玛丽亚完全变了，可他还是原来那个约根。

约根轻轻地叹了口气，没有让玛丽亚听见。他不由得有点儿担忧了：这个夏天也许不会像他原来所期望的那么美好了。

09

沙箱

“这是一条小路，在这里我们搞一条清晰的曲线就可以了。”玛丽亚说，一边用两只手把沙子往两边扒拉。

“这里通往大城堡，在这儿下面角落里我们挖一条小河，往里面灌满水。”约根说。

他提着一只塑料桶，把沙箱里的城堡拍拍平，然后又在上面做了两座塔楼。在下面角落里他们挖了一只肉罐头一般大的坑，然后灌上水。就这样，他们做成了一个里面有小船的池塘。

玛丽亚和约根在沙箱里忙得不亦乐乎。他们在那儿已经玩了一整天。他们在沙箱里建村庄，然后又让风暴、地震和洪水把它们摧毁、冲倒。他们造了田庄，用冷杉球果和小石子制作了家畜，还制作了有深谷的山脉，其间那些玛丽亚制作的小人儿被沙暴和暴风雪冲倒了。

他们孜孜不倦地干着，忘记了吃饭，他们忙得一点儿空闲的时间都没有。

现在他们正在建造一个有许多狭窄马路的小镇。马路上得有许多来来往往的汽车，这看来并不太容易。

玛丽亚去屋子里把她所有的玩具汽车都取来了。她的玩具汽车的确够多的，因为她平时收集玩具汽车，同那些笨拙的娃娃相比，她更喜欢玩玩具汽车。

约根没有多少玩具汽车，因为他觉得玩具汽车不好玩。不过在玛丽亚的请求下，他还是把他仅有的几辆玩具汽车拿来了。

他们的汽车组成了一支浩浩荡荡的车队。在玛丽亚的参与下，约根也开始对玩玩具汽车有兴趣了。

他甚至把那辆蓝色的沃尔沃也拿来了。在玛丽亚刚来的那一天，他就许诺把它拿给她玩的。因为尽管玛丽亚有许多玩具汽车，可是没有一辆比得上约根这辆蓝色的沃尔沃。这辆沃尔沃不仅外表漆得闪闪发亮，而且它还正儿八经地有着可以用摇手柄摇下来的窗子。

玛丽亚非常高兴，她喜欢这辆蓝色的沃尔沃的程度要超过其他任何一辆玩具汽车。她全身心地投入到了她的修路工作中，连客人来了也没有察觉。这时候有三个姑娘正从约根他们家前面路过，正朝伊甸园这边走来。

这三个姑娘是西里、卡琳和埃尔泽，她们是玛丽亚去年结识的朋友。

约根和玛丽亚一边在叽里咕噜地说着什么，一边在推汽车，按喇叭，并往货车上装沙子。他们只顾自己痛快地玩着，发出一片响亮的声音，所以根本没有注意到西里、卡琳和埃尔泽已经站在他们身边了。

约根转过身，刚想把满满一货车的沙子倒掉，不料他的目光投到了一排脚上，这才发现西里、卡琳和埃尔泽就站在他们的身后。

"玛丽亚，"他说道，"你看！"

玛丽亚也转过身来了，尽管她正在制作一个难度很大的悬崖。当她看见这几个姑娘时，一下子愣住了。

西里把一辆带有折叠式车顶的蓝色大玩具汽车移到了自己面前，随后又把所有的玩具汽车都推到了自己面前。她看上去简直太漂亮了！她的头发比去年长了，它们鬈曲着垂到了肩膀上，成了金色的，看上去非常漂亮。玛丽亚觉得，她看上去就像一个小公主，跟她母亲喜欢看的那种卡通画中的人物一样。

玛丽亚已经记不清西里去年长得什么模样了，反正她完全变样了。

"你多么漂亮啊！"玛丽亚说，两眼仍呆呆地望着她。

"真的吗？"西里回答说，一边又抖了抖精神，"我这件衣服是新的。"

玛丽亚又打量起她的衣服来。那件衣服是浅红色的，镶着贴边，贴边是由镂空的白色小花组成。玛丽亚觉得她真是美极了。那衣服也是光彩夺目，似乎连太阳都没有它那么耀眼。

“这双鞋子也是新的。”

西里朝她抬起一只脚，只见这只脚上套着一只玛丽亚从来没有看到过的非常漂亮的漆皮红皮鞋。皮鞋里边是一只白色的长袜子，这袜子白得就跟冬天里的雪一样。

“今天这种天气穿长袜子不觉得有点儿热吗？”玛丽亚问。她自己没穿袜子就站在了沙箱中。她今天只穿着一条蓝色的裤子和一件套头毛线衫，这跟昨天是一样的。尽管如此，她仍感到热。

西里摇了摇头，“没关系的，”她说，“这样才漂亮呢。”

不错，的确是漂亮，这点玛丽亚不得不承认，尽管如此，可她觉得这也太热了。

“这辆车是刚买来的。”西里一边说，一边把她的一辆小汽车推到沙箱边上。这不由得引起了玛丽亚和约根的注意。

“哦！”玛丽亚叫道，“这真是太好了！”她这才发现，西里还带来了一辆漂亮的小推车。“今天是你的生日吗？”她问。

西里摇了摇头：“不，我就是想要一辆这种推车，因为本德也有一辆这种小推车。”

她把这辆小推车推来推去。这是一辆深蓝色的婴儿小推车，在太阳的照耀下闪闪发光。玛丽亚还从没有看见过这么漂亮这

么别致的小推车。她要把它从沙箱里拿出来，想凑近去仔细看看这辆小推车。

她弯下身子，朝小推车里边打量起来。在花花绿绿的车篷下面有一个白色的小枕头，枕头四周有像西里的衣服那样的花贴边；一个正在熟睡的非常漂亮的娃娃头枕着枕头躺在里边。这个娃娃简直同西里本人一样漂亮。

“哦！”玛丽亚叫道，这么漂亮的娃娃她当然也喜欢得不得了。它看上去就跟真的女孩一样。玛丽亚心想：“现在它要是睁开眼睛的话就跟活的一样了！”

她这样想着，一边将头往小推车里边伸。

“小心，”西里说，一边把她往后拽了一下，“你太脏了，会把沙子弄到我的小推车里去的。你不能靠得这么近！”

这下玛丽亚生气了，她觉得自己根本就不脏，只不过身上沾上了点儿沙子而已，肯定谈不上什么脏。

“这个娃娃也是新的。”西里说。她露出一副很爱惜的样子。

卡琳也在一边点点头说：“它是从美国进口的。这种娃娃在哈默比是没人有的。”

卡琳说完，轻轻叹了口气，随后又问西里：“我可以抱抱它吗？我是它的阿姨呀。”

西里点点头。“不过要小心！”她说。

卡琳有一个弟弟，他比这个美国娃娃大不了多少。她毫无疑问会把它搂在怀里。不错，当她托起那个娃娃，把它抱在怀里时，的确是十分小心的。卡琳知道，大人们对婴儿通常都是这样的。她抱着它走来走去地晃着，一边还唱着摇篮曲中的一段歌词。

这时约根也从沙箱里出来了，他也想看看那个娃娃，他走到离卡琳很近的地方。卡琳允许他仔细端详娃娃。这真是他所看到过的最漂亮的娃娃。约根能够想像得出，人们喜欢它会超过喜欢汽车。

约根伸出手去想摸摸娃娃的脸颊。它看上去就跟熟睡的睡美人[①]一样。他小心翼翼地朝它的小脸蛋凑近，好像他怕万一不小心会把它惊醒似的。

“不！”西里叫道，“别碰它！别碰到它！你的手太脏了！”

说着，她从卡琳手里把娃娃抢了过去。“你不会好好照顾它！”西里生气地说，“再说，你也不可以让别人碰它！这个你难道不懂吗？”

卡琳抿起嘴唇：“我自己家里有一个小弟弟，难道还照顾不好你一个破娃娃！你有真正的弟弟吗？”

“尽管你有弟弟，可是你就是照顾不好我的娃娃。”西里一边说，一边把娃娃放回到了小推车里。

约根发现，她自己对娃娃也并不是十分小心的。他似乎觉

①格林童话《睡美人》中的主人公。

得，像她这样放娃娃，娃娃一定会痛的。

西里这样做，使人看上去她并不爱她的孩子。她很随便地把娃娃往推车里一塞，然后把被子往它身上一盖，动作显得很大很重。不过娃娃没有睁开眼睛，也没有哭。约根在想，它的眼睛会是什么颜色的呢？

“你不该对它这么凶。”他突然情不自禁地说道。

西里呆呆地望着他，那副样子显得更加生气了。

“噢，是吗？”她说道，“你对娃娃懂什么？你是一个男孩子，根本就不懂怎样对待娃娃！你会同它们做游戏吗？”

约根对此一点儿也答不上来。他不想对她说有关苏菲和玛格达蕾娜的事情，这两个娃娃现在正躺在家里的床上，同玩具熊贡德尔森和玩具狗安德烈亚待在一起。

“跟你不相干的事你别插嘴。”西里说。她一下子变得十分可怕。

“你讨厌！”卡琳对西里叫道，转而问玛丽亚：“玛丽亚，你也认为西里讨厌吗？”

玛丽亚心里在做斗争，她不知道自己该怎么说。约根更不敢说话了。

这期间埃尔泽一直默默地站在旁边。她比另外两个姑娘都要大一点儿。玛丽亚觉得她穿得也很漂亮。她上身穿着一件黄色的毛线衣，下身穿着一条带有彩色滚边的裤子。玛丽亚心想，她要是也有这种衣服那有多好啊！

埃尔泽的头发是棕色的，比西里的头发还要长一些，已经垂到脊背上了。她几乎从不梳辫子，也不用发夹或者蝴蝶结扎成一个马尾式的发辫，而是常常披散着的。她母亲认为这样漂亮，觉得这样更适合她。

“噢，她有点儿小儿科！”埃尔泽突然说道。

其他几个人都不吭声了，都在望着她。

她自己有多大呀！约根心里想。

“我现在会念书了，用不着认字母了。”埃尔泽对玛丽亚轻声说道。

一年以前埃尔泽就上学了，现在她已经上完了一年级。西里和卡琳同约根一样，今年秋天要上一年级。

“我是班级里最聪明的，”埃尔泽接着说，“我妈妈说，我长大后，会成为博士的。到那时候我会去奥斯陆读书。”

约根张大嘴巴看着她。她真的知道她长大时会干什么吗？在这方面约根还从没有认真考虑过。不过有一点儿他是非常清楚的，他长大后不想当司机，他要住在伊甸园里。

“你会念书吗？”埃尔泽问玛丽亚。

玛丽亚摇摇头：“我要到秋天才上学呢，到那时候我学习念书。”

“唏，这不是一件容易的事，这点你可以相信我，”埃尔泽说，“学习念书是很难的，上学也很难。等着瞧吧，到时候你会知道的。”

说完这些话，埃尔泽朝他们四个人一一打量了一下，她甚至还注意了一下约根，平时她是从不这样做的。

“如果你们不是像我一样，是班级里最好的，那么上学还是一件比较容易的事。反正到了秋天你们在学习上碰到麻烦的话，会想起我这话的！”

“我听说，上学是一件很快乐的事。”玛丽亚说。

“是的，我也这么听说的。”卡琳紧跟着说道。

“不，”埃尔泽回答说，“难道我不清楚吗！我毕竟已经读过一年书了。”

上学如果真的像埃尔泽说的这样，那就糟了！这样的话，到了秋天约根会不想上学的；这样的话，他宁可永远也不上学的。没有他学校照样会很好的。

“到了秋天我们自然会明白的。”卡琳说。她这会儿突然生气了，所以也更有胆量了。

玛丽亚点点头表示赞同卡琳说的话。

西里昂着头露出一副气呼呼的样子。“小儿科！”她说。

这时大家的情绪好像都有点儿怪怪的，都想离开了。约根没兴趣再说沙子，玛丽亚看上去也没兴趣玩下去了。

可是，卡琳这时却说道：“哦，把这些胡说八道的话忘了吧！我们一块儿玩玩不是很好吗？”

“你们可以到我们的沙箱里来造房子和修公路。我们还有好多汽车呢。”玛丽亚热情地说。她对卡琳提出一块儿玩的建议感到十分高兴。

“噢，就汽车和沙箱呀！”西里说，一边朝小推车弯下身去，“我可不是小男孩！”

“这是小儿科玩的东西！”埃尔泽说，“我宁可玩布娃娃。”

“是的，我也宁可玩布娃娃！”西里跟着说。她瞅着埃尔泽，又说：“如果你给我一块口香糖，那么我就把我的美国娃娃借给你。”

卡琳先是打量了一眼她的这两个朋友，然后又瞅了瞅玛丽亚和约根。

“那么你们喜欢玩什么呢？”她问。

“在沙箱里玩，可是西里和埃尔泽都不来。”约根这话说得很轻，除了他谁也没听见。他很想玩那个美国娃娃，可是他又不敢说出来，因为说出来的话一定会遭到她们的讥笑。

“我想在沙箱里玩，”玛丽亚说，她突然生气了，“我不想玩那个讨厌的布娃娃。”

她还生埃尔泽的气，因为她说了那些有关学校的蠢话。她还生西里的气，因为她很坏。

“沙箱是小小孩玩的东西，”西里说，“再说，我穿得这么干净，不能在这种肮脏的沙子里玩。再说，只有男孩子才玩汽车！无聊！”

玛丽亚捏紧拳头，面孔变得通红。“你说的完全不对！”她叫道。

“可是事实就是这样！”西里反驳道。

玛丽亚看上去一副很凶的样子。埃尔泽往后退了几步。

“西里过来，我们快走，老虎要向我们扑过来了。”

她们转过身去跑开了。当她们觉得跑到安全的地方时，才停住脚步，回头看了一眼。

“你想干什么，卡琳？”埃尔泽喊道，“你不想和我们一起走吗？难道你要同这两个坏东西待在一起吗？”

“你可以同我们一起在沙箱里玩！”玛丽亚对卡琳说。

约根点点头表示同意。面对那两个讨厌的女孩，他也替卡琳感到为难。

卡琳叹了口气。“我来了！”她叫道，然后朝西里和埃尔泽跑去了。

“现在就让男孩子们到沙箱里去玩吧。”埃尔泽喊道，这话听上去很无礼，带有挑衅的味道。埃尔泽说完同西里一起大声笑了起来。“哈——哈——哈——哈。”她们一起这样笑着。

卡琳没有笑。她从远处看着玛丽亚和约根，只见他俩肩并肩地站在沙箱边。

“假小子，娘娘腔，男女孩，女男孩。”埃尔泽喊了起来，她已经读了一年的书，所以她学会了很多词汇。

玛丽亚气得不得了，从沙箱里捏了一大团沙，朝她扔了过去。沙团落在小推车上飞散开来。沙粒往四处撒去，又撒在了西里的衣服上。

西里大声叫了起来："哎哟！这个人太凶了！我们得赶紧躲开！"

"假小子这么凶！"埃尔泽还在喊叫。

"别叫了！"卡琳气呼呼地喊道，"你们这样做不也是很凶吗！"

这时她们停止了喊叫。卡琳反对她们这样做，这使她们感到非常意外。

"她们停止了！"卡琳朝约根和玛丽亚喊道，然后她随同她的两个朋友跑开，转眼便跑得无影无踪了。

别理她们！可是，对约根来说，装作没听见这是很难的。这帮蠢女孩！她们为什么要这样说呢？娘娘腔，难道她们真的认为他是娘娘腔？那么她们为什么要说玛丽亚是假小子呢？他朝她看了一眼。玛丽亚比西里，比埃尔泽和卡琳都要漂亮，约根这样想。可是他怎么也不明白，她们为什么要这样说。他这样想着，心里觉得很难过，非常难过。

"哦，"玛丽亚说，"她们很讨厌！"

"是的。"约根赞同她这样说。这时他脸颊上不由得出现了两条泪痕。

玛丽亚的脸颊也成了绯红的。她还在生气。她又回到沙箱中，不过再也没有兴趣玩了。

约根突然抓起铁锹朝他的城堡铲去。玛丽亚也拿起另外一把铁锹开始摧毁那些她刚刚建造好的街道。"我们的岩洞。"

约根说，然后忍不住抽噎起来。

“对，”玛丽亚回答说，“我们去我们的岩洞。”

他们从沙箱里爬出来，往树林里走去。在岩洞中，在那五朵红花的下面，他们就不会受到别人的干扰了——即使他们有什么悲伤，也不会有人知道，他们要在那儿重新找回他们的快乐。

10

亨利克牧师的领地

亨利克牧师州的领地四周全是用石头砌起来的高高的围墙，这片领地建造起来已有许多年，具体哪一年谁也说不清了，大概要追溯到一百年以前。

那些用来砌围墙的石头都是从外面找来运到教区的，亨利克牧师说。人们先是翻土，找到石头，生怕犁头损坏，就干脆用两手挖，把它们一一从泥土中刨出来。

已经落掉两颗上门牙的安妮老太觉得这事好生奇怪。她怎么也弄不明白，建这个教区要费这么大力气。“难道天使不来帮帮他们吗？”她这样问，“这毕竟是教区呀，难道上帝不能派一个天使来帮帮他们？”

“是呀，”亨利克牧师一边说，一边抓了抓他那灰白的脑袋，

“农民把石头从耕地里起出来，天使可以去忙别的活儿。”

“我觉得这也太玄乎了。”安妮说。

埃娃和格蕾特点点头表示赞同。

“也许，农民没得到帮助，是因为天使不愿意干这么重的活儿。”埃娃说。

“有可能，”亨利克牧师说，“嗯，当然有这可能的。埃娃，你要知道，这个工作有多么繁重！”

埃娃的脸刷地一下红了，她赶紧躲到其他人后面去了。大家都知道，这个冬天该轮到她给学校的墙壁涂色，可她逃避了。

亨利克牧师笑了。“你说得对，有这可能。”他又重复了一句，“不过，农民为这些石头付出了劳动，他们也得到了很好的回报。”他接着说，“他们身体变得强壮了。你们难道不认为，这些石头使大家一下子明白了许多道理！哦，不，这道墙是一个月一个月、一年一年地砌起来的。不过，那得感谢头一个开垦这块土地的人，他发现了许多石头，产生了一个念头，要用它们把这片土地围起来砌一道围墙。就这样，他在这个教区的边沿把这些石头一块一块砌起来，渐渐地，这些石头就砌成了一道这么高的围墙。我们今天都看得出来，当初这项工作有多么艰难。从此以后，这儿的农业也得到了发展。”

牧师说完这些话，两眼深情地朝眼前那片土地瞥了一眼。“今天，这里再也找不到一块石头了。”他说。

“你怎么知道找不到一块石头？”埃娃问，“你亲自检查过了吗？”

“嗯，是的，”牧师说，“我已经到外面四处看了看，只找到一些很小的小石子儿。那项工作那些农民做得的确很好。”

“我敢打赌，我在那边会找到一块石头。”埃娃坚持说道。

“嗯，嗯，”亨利克牧师说，“你不该打赌，你知道，上帝不喜欢这样。不过，如果你们当中哪一位找到一块石头的话，那么我就请你们每人吃一份冰淇淋。”

人群中爆发出一片欢呼声。孩子们一边拍着手一边跳了起来。他们非常高兴，亨利克牧师要请他们吃冰淇淋了！他还从没有这样做过呢。他们相信，他是一个大好人。

这一大帮子人朝外拥去。亨利克牧师一边为他们开门，一边偷偷地笑着。他目送着他们朝草地上跑去。

“如果你们找到了石头，赶快回来告诉我。”他在他们身后喊道，随后跑回房间去干更重要的事情了。

亨利克牧师的领地是世界上最好的地方，约根就是这么认为的。他们可以尽情地在那里玩耍。可是在其他别的地方只是供堆放干草用的，根本就没有给孩子们玩耍的场地。

亨利克没有奶牛，所以他不需要从农民那儿搞来草饲料。这块土地看上去与其说像一个花坛，不如说更像一块被耕作过的草地。“奶牛是要吃草的，可它们不吃那种勿忘草和风铃草。”当牧师亨利克问那些农民，他们是否需要用他的草去喂奶牛时，他们这样回答说。于是，亨利克牧师便觉得，让孩子们在这块土地上玩耍，为他们创造一个很好的活动场所，那倒是一个很不错的主意，说什么也比让它荒废在那里要强。就这样，这块牧师领地就成了孩子们的娱乐场所。

马丁和其他大孩子这会儿正在栅栏外面望着他们。他们不打算参与这种小儿科的游戏。

埃尔泽和西里也不想加入到里面去。也许她们心里很想参加，可是又不行，因为她们穿着干净的衣服，不便在草地上跑来跑去搜寻那种无聊的石头。她们就这么肩并肩地站在门口，透过栅栏门朝里边观望，心里好羡慕好羡慕。

“瞧这些野小子！”马丁一边喊道，一边朝栅栏里边吐唾沫。

“这些傻瓜蛋这么做纯粹为了一份冰淇淋！”维利和埃里克也赞同马丁说的话，随后也同他一样，朝栅栏里边吐唾沫。

可是，这些小小孩没理会那些大小孩。他们仍在又认真又卖力地寻找石头。他们在草地上爬来爬去，在草茎中钻进钻出。

要是有人路过这儿的话，准会觉得这挺滑稽的，因为远远看过去，只见一个个五颜六色的屁股在草丛里晃动。

可见他们有多么认真！约根是他们当中最认真的一个。“哪怕找到一块石头也就够了。如果我找到的话，大家都可以吃到冰淇淋了，这有多好啊。”他心里想。不过大伙儿的劲头儿同他一样足，他们大概也是这样想的。

玛丽亚在他的附近钻来钻去。她发现了正站在栅栏前的西里和埃尔泽。

“快来！”她喊道，“一起来找石头！”

“哦，不！”那两个人异口同声地回答道，“我们不玩这种小儿科的游戏。”

玛丽亚不再理她们。她要找出一块能使亨利克牧师请他们每人吃一份冰淇淋的石头。

到处都是孩子。他们都差一点儿要跟约根碰头了。可是约根最终还是同塞文碰了头。咚！他们两个人的头终于撞在了一起。塞文哭了起来，他不想再寻找下去了。可是玛丽亚说，他们不能放弃这个计划。这时约根和塞文两人的额头上都起了疙瘩，不过他的疼痛很快消失了。于是，他们两个又接着寻找起石头来了。

这些孩子就像一群绵羊似的在草地上爬来爬去。埃伦最先认识到，他们这样做就跟一群绵羊一模一样。于是，其他人便突然听到了一阵“咩——”的声音。

大家都惊奇地抬起头来：这儿哪来的羊呢？可是他们马上便看到，埃伦正趴在草地里格格地笑呢。这情景看上去的确非常滑稽。这时其他人也玩起这种羊叫的游戏来，于是草地上响起一片羊的叫声。

“咩——咩——咩！”这声音此起彼伏，有的响亮，有的低沉。

马丁和另外几个男孩子捂上了耳朵，西里和埃尔泽惊慌地从那儿跑掉了。

亨利克牧师正坐在房间里的写字台前做一项要紧的工作，突然听到窗外传来了一片绵羊的叫声。

“奇怪！”他自言自语地说着站起身来，到了房门口的阶梯上。

他简直不能想像，一下子怎么会来了这么多绵羊，因为他是不允许邻居在他的领地放牧绵羊的。

亨利克牧师将鼻梁上的眼镜朝脑门上推了推，仔细地朝领地望去。这时他不由得笑了起来，只见那些红的、白的、灰的、黄的和绿的“绵羊”在草地上爬来爬去，他们那醒目的屁股在草丛中晃来晃去。

他哈哈哈地放声大笑起来，那些“绵羊”都听见了他的笑声，于是，他们一个接着一个停止了叫唤。他们直起身子，惊奇地朝站在房门口的亨利克牧师望去。四周一下子安静了下来，只剩下亨利克牧师那响亮的笑声。这时他一边从阶梯上走下来，一边擦着笑出的泪水。

“我还以为你们是真的绵羊呢，”他说，“不错，你们真的把我给骗了！”

说着，他摘下眼镜擦拭了一下。

“怎么样，你们找到石头了没有？”他打听道。

“没——有！”大家异口同声地叫道。他们感到有点儿难为情了，因为他们已经找了很长一段时间，早已忘了，他们在草地上爬来爬去究竟是为了什么。

“不过，你们非常乖，尽管没有找到，你们也应该得到冰淇淋。”亨利克牧师说。随后他给了这十四个孩子每人五角钱。

马丁轻蔑地对那几个大孩子说：“呸！你们想得到一份冰淇淋的话，那么你们就去扮演绵羊吧！简直小儿科！”

埃尔泽和西里后来也认为这是小儿科。刚才她们从那里跑开后，马上又跑回来了。不过她们主要是怕新衣服会被弄脏。

每个孩子手里握着那枚五角钱的硬币，尴尬地望着亨利克牧师。

“怎么，”亨利克牧师问，“有什么不对头吗？”

孩子们在互相嘀咕，谁也不愿对亨利克牧师说。最后，他们当中年龄最小只有五岁的基尔斯滕从一群孩子中走到前面。

“现在冰淇淋要五角五分呢。”她说。

亨利克牧师又哈哈大笑起来。孩子们面面相觑，他们不知道，这有什么可笑的。

“嗯，很好，”亨利克牧师擦了擦鼻子后说道，“那么就再给你们一块钱吧。趁没有涨到六角钱之前，赶快去商店买你们的冰淇淋吧！”

他当然用不着再说第二遍。

11

大岩石

这几天可以说是约根有生以来最快活的日子。那些大孩子待他们这些小孩子很友好。约根几乎想不起来他从前是否有过这么好的心情。

他们发明了一种游戏，这种游戏可以使大家一起参与，包括女孩和小小孩。

他们玩捉迷藏，玩“老鹰抓小鸡”，不过大部分时间都在玩“小偷和警察”。约根老是先被捉住，然后被关进山上有股怪味的谷仓里。不过他觉得这也无所谓，对他来说，只要大家开心，他是不在乎的。

可是，到了七月初的某一天，他就没兴趣再同大家一块儿玩了，这是因为发生了一件使约根感到很扫兴的事。这件事一部分怪约根自己，不过大部分要怪马丁。

马丁向来就是个逞强的人。整个事糟就糟在这点上，而约根又太胆小。

在亨利克领地的中央有一块巨大的岩石，由于人们挪动不了它，所以也就没有把它清除掉。它有好几米高，简直跟一座小山一样。整个巨石是灰色的，年代已经很久，有点剥蚀了，上面的缝隙和开裂处都长满了苔藓。

据铁匠约翰内斯说，这块岩石很久很久以前是个魔鬼，因为他长时间在人间游荡，有一天在太阳升起来之前没来得及逃回山里的地下世界去，于是就变成了这块巨石。众所周知，只要太阳光一照到魔鬼们身上，他们就会立刻没命的。“这是一百万年以前的事了。”铁匠约翰内斯最后说。

可是别人不信他说的。这不过是一个传说罢了。石头就是石头。就这么简单！

在秋天的傍晚，当夜幕渐渐降临时，这块岩石就会越来越像一个魔鬼。人们长时间地盯着它看，看到后来觉得它真的好像在移动，不过他们还是绝对不相信，它以前真的是一个魔鬼。

这时候人们会产生一种恐惧感。尤其是在阳光灿烂的日子和炎热的白天，人们的手指只要一触到这炽热的岩石表面，便立刻会有一种不寒而栗的感觉。可是即便如此，也从来没有人愿意相信，这块巨石从前曾经是一个魔鬼。

在今年这个夏天，这块巨大的岩石成了一个堡垒。马丁征服了它，成了这里的国王，因为没人能像他那样轻而易举地爬上去。

“现在谁愿意和我比试一下？”当他登上去后站在上面叫道。没人敢这样做，因为马丁是他们当中最强大的，他们没人敢上去。

这天，他们已经玩了整整一天捉迷藏的游戏，这时他们正坐在这块巨大的岩石的背阴处休息。在严寒终于过去以后，夏季艳丽和炎热的日子还刚刚开始。所以，他们坐在背阴中都觉得很舒服。

马丁和几个大点儿的男孩坐得离大岩石最近，其他一些小男孩和小小男孩跟几个女孩则缩在稍远地方的角落里。马丁突然跳了起来，灵活地朝岩石上面爬去，不一会儿便登上了岩石的最高处。他朝四周环视一下，然后居高临下地望着坐在草地上的其他人。

他看上去多么威武啊。他站在巨大的岩石上，看上去快要碰到天空了。这时马丁说出了他还从来没有说过的话——

“现在，你们大家都可以爬上来！”

下面响起一片叽叽喳喳的耳语声。起先没人敢相信他说的话，可是接着他们便觉得他说的是真的了。这是他们期待已久的，早在去年他们就想这样做了。当时马丁统治了那棵树，而今年又是这块大石头。刹那间他们都跃跃欲试，想爬到那上面去！

看样子夏天使这个讨厌的马丁的表现也变好了。

玛丽亚首先拍起手来，她太高兴了。约根不声不响地坐在那儿。对他来说这可是件糟糕的事，大家痛痛快快地玩了这么长时间后，马丁这家伙怎么偏偏会想出这个主意来的。看来再在这儿待下去没什么好玩的了。

“我站在这里，现在你们可以一个接一个地爬上来！”马丁叫道。

其他人都很开心，只有约根闷闷不乐。大家很快就会察觉就他没有这个胆量。约根不想同大家一块儿玩了。

先得让大男孩爬上去，因为他们是马丁的好朋友。接着才能轮到一些小男孩。大家都希望能早点轮到，甚至包括那几个女孩子。

这样的事还从没有过呢！难道偏偏现在会发生吗？约根感到胃里难过起来。他恨不得立刻站起来跑开，可是他站不起来。

这时大男孩都爬上去了。“现在轮到我了！”玛丽亚激动地喊道。

马丁摇了摇头。“男生先上！”他喊道。

“这不公平！”玛丽亚大声回答道。可是她作了让步。这是没办法的，因为现在马丁说了算，要不然他干脆不允许她上了，她又能怎么样。

马丁点名让彼特上。

彼特开始往上爬。他岁数同约根一样大。他也显得很轻松，不管爬到哪儿他都能毫不费力地抓住东西。这时他已经爬上去了。现在约根究竟该怎么办，他自己心里也没底。

彼特大概认为自己很勇敢，他站在上面两眼炯炯有神地看着下面这些人。“你们看上去很小！”他喊道。

随后他又爬下来了。

这时马丁喊道：“现在该轮到约根了。我们倒要看看，他现在的攀登技术是不是比以前有提高。”

他这话听上去并没有什么恶意。不过约根觉得，马丁随时都会恶语相加的。

约根倒希望自己听错了。他想把身体缩小。他不想爬，他不敢往岩石上面爬。他干不了这件事，他也没兴趣干。

“约根！”马丁又喊了一遍。可是约根还是一动没动。他觉得大家好像都在望着他，他的脸一下子红了，眼泪也不由得从眼眶间流了出来。他是不想哭的，因为他不想让大家看到他哭。

马丁干吗要发明这种讨厌的游戏，在这之前他们在一块儿不是玩得好好的吗？

不过，只有约根一个人不喜欢这种攀缘游戏，大伙儿对这个游戏都感到很开心。再说，马丁还在教他们，怎样攀登，怎样掌握窍门。约根也很想听听他的指教，可是他就是不敢爬。

“你又不是一个饭桶！”马丁粗声粗气地叫道。

约根恨不得立刻逃掉。他真希望，他只要打一个响指——啪——他就变得无影无踪！要是他不在这里就好了！哦，如果这是一场讨厌的梦，他也要马上醒过来的。哦，如果别人把他忘记了那该多好啊！约根感到难为情了，别人都能爬上去，只有他一个人不行。

“克努特！”只听马丁又喊道。

“哦！”其他所有的人都叫了起来。

这么小的毛孩子被允许攀登，这还是头一回。

克努特显得很自豪，约根看得很清楚。克努特在开始朝岩石上爬的时候，也朝他望了一眼。有几个人在想，马丁这是在开玩笑，是在讥笑约根。

克努特今年才五岁。他居然也敢爬！克努特真的爬上去了！没人帮他一把，也没人教他：手该抓结实，脚该踩在裂缝里！

“看看，约根！”当克努特站在马丁身边时，马丁叫道。可是约根根本没往上看一眼。他坐在那里，在扯着身边的草茎，周围露出了一片光秃秃的泥土。

“现在轮到你了，约根。你看见了吗，别人都上来了！”

大家都在喊他，喊叫声此起彼伏。

“他不敢爬！”马丁叫道，“他是一个胆小鬼！你回家去吧，跟你的爸爸妈妈玩去吧！连女生都比你强！”

随后大家开始讥笑他，而且是用一种在约根看来十分低级趣味的顺口溜嘲笑他。他们不停地喊着，有一句特别难听，这

是马丁想出来的：

约根，约根，

骨瘦如柴，

胆小如鼠，

像个女孩。

约根站了起来，抽抽搭搭地从那儿跑开了。他跑得很快，恨不得立刻跑得远远的，再也看不到这些讨厌的伙伴。他跑得很远了，可仍听到身后讥笑他的顺口溜。他心里想，永远也不再和他们一块儿玩了。

玛丽亚跳了起来。“你讨厌！”她冲着马丁喊道。

马丁笑够了。“你受不了啦！”他说，“快跑，去安慰你的朋友吧！你不能爬这块大岩石，因为你不是哈默比人。永远都不行，这是我说的。你听见了没有？”

可是玛丽亚攥紧了拳头：“你下来，你……你……给你一个耳刮子！”

马丁朝自己的大腿上拍了一下，大声笑了起来。“你们听见了吗？”他大声喊道，“这个小姑娘口气大不大，她敢同我较量！”

12

小面包和果汁万岁

约根和玛丽亚手牵手沿着泥土公路往前走着。约根还在唏嘘抽搭。玛丽亚对马丁说的那些话也感到很生气。她叹了一口气。

两人望着地上，显得十分沮丧。

风迎面徐徐吹来，带来了一股热浪，他们对此毫无察觉。热风吹拂着玛丽亚的发丝，轻轻地抚摩着约根的脸颊，它这是在安慰他俩，可是他们一点儿也没有感觉到。

晴朗的天空中没有一朵白云，可他们并没有仰望欣赏这美丽的蓝天。

明媚的太阳挂在头上，就像一只巨大的红气球，可他们没有抬头看一眼。

一群群小鸟唱着动听的歌从他们身边飞过，可他们对此根本就视而不见。

他们完全沉浸在他们的悲哀之中。

一辆汽车从他们身边驶过，并恼怒地鸣叫着。两人赶紧躲到一边。他们惊讶地目送着这辆汽车，这才发现，他们正走在马路的当中。他们知道，这是有生命危险的。

玛丽亚朝四周环视了一下，发现他们正站在贝格利的大庄园前。贝格利是个很凶的农夫，孩子们平时都不敢上这儿来。

这个庄园看上去一片葱茏，非常漂亮。高地上长有整个哈默比最大的春白菊。这是约根以前发现的。

“我们摘一些花好吗？”玛丽亚问，“没人会看见的。”

“你想想，如果我们被抓住，那还了得！”约根说。他觉得，他们今天已经够倒霉的了。

“我知道这儿篱笆上有一个洞，”玛丽亚说，“我们一猫腰就能钻进去。我上星期钻进去过一次。”

她拉着约根的手朝篱笆洞走去。太棒了，他们刚好能钻过去。他们小心翼翼穿过草坪，没人看见。当他们来到那片春白菊面前时，两人肩并肩地坐了下来。

现在他们还不想马上就去摘春白菊。他们只是坐在那里，互相望着对方。

约根在呼呼地喘气，玛丽亚也一样。

“那根本就不好玩！”约根说。

“不，”玛丽亚说，“这不是在玩。”

“我可什么也不会，我不敢。那不是什么游戏。事情就这么简单。”约根说。

“不，”玛丽亚说，“事情并不是这样。你想想，爬岩石，这算什么游戏。可是，我现在也不能爬了，永远不能爬了，这是那个讨厌的马丁说的。”

他们又叹了一口气。

“我真希望，我能像你一样就好了，”约根说，“你什么都敢做。你这么能干，什么都不怕。”

“马丁也什么都不怕，他居然还要和我打架。”玛丽亚说。她一想到这件事，不由得笑了笑。可是她并不真的觉得这事好笑。

“你想想，我们两个要是能换一下有多好啊！”约根说，“这样我就对那些我害怕的事情有极大的兴趣了。”

“是啊，我什么都不怕。”玛丽亚说。

这时他们都不吭声了。

玛丽亚突然想起了西里和埃尔泽，还想到了卡琳和其他女孩子。

“我有时候希望我成为你，”她说，“这样我就可以同西里、卡琳、埃尔泽和别的小朋友在一块儿玩了。你喜欢玩布娃娃，可是我不喜欢。”

约根点点头。

“简直糟透了。我倒想知道，谁规定我不能玩布娃娃！”

玛丽亚摇了摇头。她开始摘春白菊。

“我们带一些花回家去。”她说。她专拣那些又高又漂亮的花摘。

“这些春白菊一定是世界上最美丽的。”她说。

约根赞同地点了点头。

他们摘了许多春白菊，直到拿不下了才住手。然后他们朝洞口走去。拿着那么多花钻篱笆有点儿困难，不过他们最终还是钻了出去。他们在草坪上鬼鬼祟祟地走着，尽量不发出声音，免得被贝格利庄园的人看到。

当他们来到公路上时，约根说道：“你现在不可以搀着我的手了，因为我们会碰到那些大孩子的！”

玛丽亚点点头：“是的，也许会碰到西里、卡琳和埃尔泽，还有别的男生。他们肯定会说，我们是一对了。”

于是，他们各自走在马路的一边。约根把花藏在身后，他怕马丁或者他们那一伙什么人会一下子冒出来，如果让他们看见他拿着花往家里走的话，那么他们肯定又会嘲笑的。

“我要去爬岩石，”玛丽亚说，“是的，这件事我一定要去做！去年他们也不让我爬树的，可是今年夏天我一定要爬到那块大岩石上去。”

“我是永远也不敢的！”约根叹息道。

“你也要去爬！”玛丽亚口气坚定地说，“你和我，我们两个人今年夏天一定要爬上去！这件事我们一定要干，你听见了吗？”

约根听见了，可是他知道，他是永远爬不上去的。不过，他并没有拒绝玛丽亚，不然的话他们俩又会吵架的。不一会儿他们便来到了哈默比。约根往家里走去，玛丽亚也朝伊甸园方向走去了。

母亲见了春白菊非常高兴。她说，她正好有一个花瓶空在那里，现在用来插一大束春白菊正合适。

母亲不久便觉得，约根有什么不对劲的地方。约根不明白，她怎么可能知道。在他眼里，母亲就像个女仙，就是那种童话中的女仙，什么都逃不过她的眼睛。

母亲的确像个女仙，用不着别人对她说什么，她就知道一切。难道母亲会变魔法吗？

“怎么样，发生了什么事吗？”她问。

“没什么。”约根回答说，然后摆出一副真的什么事也没有发生的样子。

“我今天烤了奶油小面包，”母亲说，“你不想请玛丽亚来喝杯果汁，再吃点儿新鲜面包？”

哦，他现在的确很想吃面包和喝果汁了！于是，他连忙跑了出去。

“玛丽亚，玛丽亚！”他跑到伊甸园跟前，喊叫起来。

他们不一会儿就一起来了。母亲端出一盘新鲜奶油小面包和两大杯用园子里暖棚中长的草莓做成的果汁。

他们一边吃一边喝，谁也没说话。

当面包快吃完，约根把杯中剩下的果汁一饮而尽时，他才说道："我现在不再感到难过了。面包和果汁是一种治疗悲伤的良药。"

"我觉得，人在特别生气的时候，面包和果汁对他是很有帮助的。大人们也认为，它们是最管用的东西。"玛丽亚赞同地说，一边将最后一口面包塞进了嘴巴。

约根使劲地点了点头："如果我再得麻疹时，我就光吃小面包，光喝果汁。"

"以后要是我做了什么大人们觉得糟糕的事，我就对他们说，快去吃点儿小面包，喝点儿果汁吧，这样他们也许会忘记生气的。"玛丽亚说，然后哈哈大笑起来。

"小面包和果汁是可以让你忘记讨厌的马丁，忘记笨蛋克努特和所有其他人最好的东西。"约根说。

"还包括卡琳、西里、埃尔泽以及别的女生。"玛丽亚补充说。

约根走进厨房，从母亲那里又拿来了两只小面包，尽管他们俩已经吃饱，再说马上就要吃午饭了。因为小面包新鲜，因为不再有烦恼，所以午饭前他还要吃一个，约根是这样想的。

13

海员叔叔来做客

约根和玛丽亚坐在餐桌下面，他们像误入了一个充满危险、又黑又大的森林中，四周似乎有许多他们熟悉的野兽，它们在咄咄逼人地吼叫着。

“这儿有一只狮子，那儿有一只老虎。”玛丽亚一边用微微颤抖的嗓音轻轻说道，一边手指着一条桌腿。

桌子底下几乎是完全黑的。玛丽亚的母亲玛尔吉特在桌子上铺了一块羊毛毯，只有一丝亮光透过毛毯的空隙射入桌子底下。

约根朝那条桌腿望去，只见黑暗中它真的像一只大猛兽潜伏在那里。他不由得打了个寒战。他一下子恐慌了，心里不安起来。玩这个游戏有点儿吓人，你在想什么，好像真会有那种事情发生似的。

不过，玛丽亚坐在他身边，对此他心中还稍稍得到点儿安慰。他有生以来还从来没有单独在什么地方待过，就因为他害怕，生怕狮子或老虎保不定会在附近出现。不过，玛丽亚很勇敢，她曾答应过保护他。

“哦，是的，”约根喃喃地回答说，“我看见它们了。”

好像真有一只野兽似的，他指着它。“瞧！”他激动地叫道，“那儿有一条鳄鱼在游动！”说着，他靠在了玛丽亚的身上。鳄鱼是一种凶恶的动物，他在画报上看见过。嗬，这样一种猛兽居然也会在他们这儿的河中出现！

“你看，我们还能走出这片森林吗？”约根恐惧地问。

玛丽亚摇摇头。“不，”她说，“我们现在走投无路。”

“可是我们待会儿怎么离开这儿呢？”约根问，因为他觉得，他越来越害怕了。难道他生命的最后一刻就要在这森林里度过吗？这是他万万不能答应的！

“得有人路过这儿才好，得让人把我们救出去！”玛丽亚说，“如果有一个王子来了，他吻了我，那么这个森林就会重新变成一张桌子的。”

正在这时候，外面有人敲门了。这是一种他们从没有听到过的敲门声。他们一声不响地坐在那儿，两只耳朵倾听着，门被打开了。

然后，他们听到母亲玛尔吉特吃惊地拍了一下手，说道：“这说什么也不可能是真的！”

接着，他们又听到父亲克里斯托夫把报纸一放，从沙发上跳了起来。“你在说什么真的假的？”他问，从他的语气中可以听出，他似乎很高兴。

听了这些话以及这么些声音，这两个在桌子底下森林中迷失方向的人不明白了，大人们刚才说的话是什么意思。

“要有哪个愚蠢的王子赶来救我们出去就好了，”玛丽亚说，“那些危险的野兽离我们越来越近了。”

约根胆怯地朝四周看了看。玛丽亚说的没错。狮子已经发怒，眼睛散发出一道黄色的光。约根似乎处在一种危险的境地，他还听到鳄鱼发出的汩汩声，这声音好像越来越近。

“哦，不好，”他说，“它们马上就会咬住我们的脖子啦。你看，王子会马上来吗？”

玛丽亚趴在地上，想透过地板和羊毛毯之间的缝隙朝外张望。可是她看到的是王子那两只很脏的靴子。而王子通常是不穿什么靴子的，他们只穿精美的皮鞋。也许，这王子是为了到森林里来救她才穿这种靴子的吧？

突然有人把羊毛毯掀开了，四周一下子变得明亮起来，她赶紧眯起了眼睛。

“瞧瞧……这是玛丽亚！”一个陌生的声音在说道。

“你得吻我一下。”玛丽亚说。

“玛丽亚！”母亲玛尔吉特吃惊地喊道。父亲和那个陌生人笑了。

“你一定得吻我一下，不然的话，我们就出不了这个中了魔法的森林！”玛丽亚喊道。她仿佛觉得狮子就在她身后，它还在咆哮。

两只强有力的手臂把她抱了起来。一撮胡须触到了她脸颊上。有人朝她的额角上轻轻地吻了一下。

“好吧，现在王子吻你一下。中了魔法的森林消失了，你可以睁开眼睛来。”那个王子说道。

玛丽亚这才睁开了眼睛，两眼正好对着那人两只蓝色的大眼睛。她看到一张蓄着一把大胡须的脸对着她。她起先还以为这是她父亲，可是仔细一看，不是的。

“你认不出我来了吗？”这个王子问道，他看上去根本就不像一个王子。不管怎么样，玛丽亚在她母亲给她朗读的童话书里从来没有看到过插图里有这样的王子。

他仍在朝她笑着。玛丽亚怎么也想不起她曾在什么时候看到过他。

“上次你见到他时，你还很小，你怎么能记得起他来呢？”父亲说，“所以，你不知道他是谁。你得非常热情地欢迎他。这是维戈叔叔。他是海员。”

一个真正的海员！这比一个王子还要棒得多。这么说，他驾驶着一艘大轮船周游过全世界。玛丽亚曾在书中的插图里看到过这种大轮船！

可是，玛丽亚不能热情地欢迎他。“热情”，这就是说，她得行一个屈膝礼，并且自我介绍说：“我叫玛丽亚。”这一切她都不能做，因为维戈叔叔正紧紧地抱住她，不把她放下来。

“哦，宝贝，”他说，一边突然把她抛向空中，“你长大了，可以飞了！”

可是她不喜欢这样。她觉得肚子挺难受的，不由得大声叫了起来。从空中落下来时，这使她感到很恐惧，尽管她知道这个海员叔叔会把她接住。

“我是维戈叔叔。”他一边说，一边又一次把她抛向空中。她觉得，她的头发已经碰到了木屋的屋顶。如果他再把她抛得高一点点儿，那么她就会从屋顶的花草之间穿过飞到外面去了。

然后他小心翼翼地把她放到地上，这才注意到了约根。

“瞧瞧，真没想到！”他说，“我还不知道，玛丽亚有了一个弟弟！”

父亲克里斯托夫笑道：“不，他不是玛丽亚的弟弟！他是约根，是我们这儿房东的儿子。他是玛丽亚一块儿玩的伙伴。”

这下约根理所当然也要像玛丽亚一样飞起来了。于是他也两次飞向空中，又两次被一双强有力的手接住。

他感觉到十分恐惧，可同时又觉得十分够刺激。当维戈叔叔把他抛到空中时，他叫得比玛丽亚还要响，而底下那些大人站在屋中央，觉得挺有趣。随后维戈叔叔也把他放到了地上。这时玛丽亚又连忙跑到维戈叔叔身边，还要他使她飞起来。

“好了，别缠着叔叔了，”母亲说，“快让叔叔坐下歇一歇，待会儿再好好飞吧！”

海员叔叔在沙发上坐下来，约根和玛丽亚自然地在他两边坐了下来。

母亲煮了咖啡，把平时省下来的饼干也拿了出来。

父亲握着烟斗在叔叔边上坐了下来。于是海员、父亲、母亲开始交谈，互相提问题，大家认真地听着对方的讲述。约根和玛丽亚只有张着嘴倾听的份儿。他们像是处在一个被施了魔法的森林中，只是没有危险罢了。玛丽亚决定，将来长大了要去当个海员；约根心里在想，永远也不当海员，将来长大了说什么也不干这一行，这个职业太危险了。“你在吹牛皮。”当维戈叔叔说到一些特别使人激动的地方时，母亲老是这样说道。

“不，我没骗你们，”维戈叔叔说，“我说的故事可能使你们觉得很紧张。我可不可以这样说？”他问约根和玛丽亚。

海员叔叔说的话，约根觉得都能听懂。他是不是故意在撒谎，这并不重要，不过他经历过那么多激动人心的事，他稍微讲出一点儿来就会使别人感到紧张，就会使别人有一种身临其境的感觉。他这样叙述探险经历，不能说是吹牛皮。所以，这两个人，约根和玛丽亚向他点点头，向他表示，他们完全同意他的看法。

这种事情约根以前也常常经历。他所讲的事情，并不全是真的，可也并不完全是假的，但是大人们就是不明白他说的话。

可是，这个古怪的海员叔叔怎么什么事情都经历过！他说，有一次他在印度曾遭到一条蟒蛇的进攻。在得克萨斯他曾当过牛仔。这些事约根和玛丽亚听得很带劲。他们能够想像，在得克萨斯当一个牛仔会有什么感觉。海员叔叔还遇到过海难事故，船沉了，他在大海中漂浮了好几天，波涛汹涌，像一座座蓝色的小山似的。这一切，约根都能想像得出来。

在南美，他还救过两个小孩的性命。当时那两个小孩乘坐一条小船从家里出走，结果船翻了。那天维戈叔叔正好在海滩上参加烧烤聚会，他穿着一身很好的衣服，可一看到海上出事，他毫不犹豫跳进了海里。

他说着这些事情，说呀说，没人想到孩子们早该上床休息了。

厨房里已经变得很暗。母亲玛尔吉特点上了一支硬脂蜡烛，房间里变得一片朦朦胧胧的，光线十分柔和。约根也因此觉得浑身暖洋洋的，心里十分舒服。

可是，海员叔叔突然从沙发上跳了起来。“该死，我把一件最重要的事情给忘了！”他惊叫道，然后冲出了屋子，不久马上又回来了，手里提着一个大旅行袋。

“我得扮演一下圣诞老人的角色！”他叫道。

他打开旅行袋，开始在里边翻来翻去寻找东西。父亲克里斯托夫得到一瓶出自南美某个国家的葡萄酒，母亲玛尔吉特得到一条产自非洲的围巾，这条围巾色彩艳丽，非常漂亮。约根从来没有看到过这么漂亮的围巾，玛丽亚立刻试了一下，看得出来，她也非常喜欢。母亲玛尔吉特十分高兴，不知道该怎么表示感谢。

甚至约根也得到了礼物。海员叔叔给了他一个小盒子，并说："别客气！"约根打开这只盒子，心里挺紧张。盒子里铺着一层白棉花，上面放着一支笛子。

"这是我从南美带来的，"海员叔叔说，"这支笛子并不十分难吹。"

约根用双手小心翼翼地从盒子里取出笛子。这支笛子是深棕色的，十分光洁，还闪着亮光；在它的背后是一排小孔。

"你吹的时候必须握住！"海员叔叔说。约根把笛子送到唇边，往小孔中轻轻地吹了一下。只听到笛子发出一阵尖细的叫声。这时他又使劲吹了一下，一阵稍微响亮的声音传了出来，并传遍屋子的每个角落。笛子里传出的声音给人一种孤寂和凄楚的意味，可它听上去却十分悦耳！

约根握着笛子坐了下来。他抚摩着笛子，把玩着它。这是他有生以来得到的最好的一件礼物。如果学会吹奏的话，那么他会……

只有玛丽亚什么礼物也没有得到。海员叔叔从旅行袋中取出一只鼓鼓的包，露出一副很特别的表情，几乎有点儿尴尬。这时他的脸也有点儿红了，说话的声音似乎也有点儿变了。

"这儿有样东西是给你的，玛丽亚。"他轻轻说道。看来，

他最好还是什么也别说更好。“这是件比较糟糕的东西。”他接着说，“我这是给男孩子买的，因为我记不得你是个女孩还是男孩了。”

玛丽亚的脸一下子拉长了。原来这样！她居然被当成一个男孩了！这真是太糟糕了！他简直跟西里和埃尔泽一样可恶。

海员叔叔走到她面前蹲了下来：“你要知道，我只见过你一次，那还是在医院里你刚刚生出来的时候。几天后我就出海了。这一去就是六年多，今天才见到你。所以，这也就不难理解，我忘了你是男孩还是女孩了。不过，我是很想给你带点儿什么来的，很想跟你交个朋友。我不想让你不高兴，你明白吗？”

海员叔叔擦去玛丽亚脸上已夺眶而出的泪水：“拿着这只包，看看里边是什么。千万别认为，我是有意让你不高兴的。”

说着，他把那只鼓鼓的包放到了玛丽亚的怀里。“拿着。”他说，“这是给你的！”

玛丽亚坐在那儿一动没动，而且还闭上了眼睛。

“我觉得，你应该照维戈叔叔说的做，”父亲向她建议道，“这一定是件很不错的礼物。维戈叔叔为了你才千里迢迢飞来这里，难道你就这样对待他吗？”

玛丽亚听从了父亲的建议。她开始解开那只包。

“真是不可思议！”她突然叫道。她眼睛里仍含着泪水，可这时候却一下子散发出喜悦的光来。她把那件礼物高高地举起来。

先是一顶宽边的牛仔帽，样子就同连环画中牛仔戴的那种帽子一模一样；然后是一件带流苏的皮马甲；最后取出来的最漂亮：一条皮裤，上面还散发着一股马匹和来自西部荒原上的气味。

“会有这种事呀！”玛丽亚叫道，然后竟然惊讶得说不出话来。

约根对她的礼物也惊叹不已。这真是难以置信的事！它们完全是玛丽亚希望得到的东西。她一下子朝海员叔叔扑了过去，并搂住了他的脖子。“你是我最好的叔叔，”她叫道（这是毫无疑问的，因为玛丽亚没有别的叔叔了），“这些都是我早就想得到的东西。”

“快快试一试。让大家瞧瞧，是否合适。”海员叔叔笑道。

玛丽亚把它们都穿戴上了。哦，看上去真是漂亮极了！

这套服饰非常适合她。这会儿房间里站着的似乎不再是玛丽亚，而是海员叔叔从得克萨斯带来的西部牛仔。

玛丽亚在房间里走来走去。她简直不想把这套服装脱下了。如果明天马丁以及别的男孩看到她穿得如此酷的话，他们一定会羡慕死她的！

“时候不早了！”母亲玛尔吉特突然惊叫起来，“亲爱的孩子们，你们早该上床了！约根，快回家去！如果我们留你在这儿过夜的话，你爸爸妈妈会对我们怎么想呢？”

于是，约根赶紧朝伊甸园外面跑去。父亲克里斯托夫朝他身后说了句他明天还可以来玩后，便把房门关上了。

约根飞快地往家里跑去。他看到厨房里的灯还亮着。父母还没有睡，一定是在等他。

约根手里握着那支笛子，把它放到嘴唇上，轻轻地吹了一下，然后又吹了一下。这声音听上去就像一只孤独的小鸟着了魔，在黑夜中啼鸣。

这声音很好听。约根觉得，他仿佛什么时候听到过这种鸟鸣声。他把笛子紧紧地搂在怀里。他要它永远也别离开他。

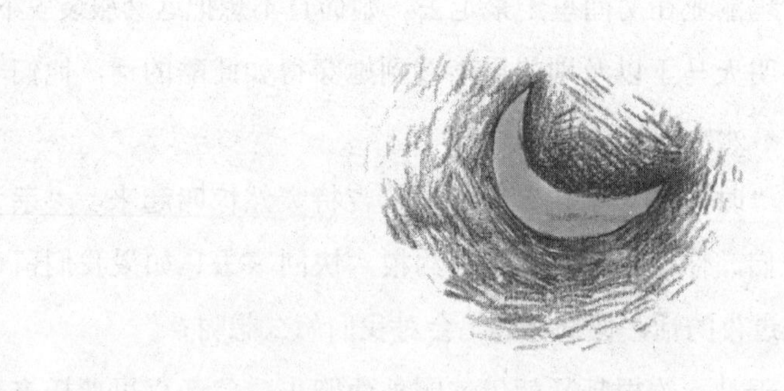

14

附近的印第安人

第二天早上约根从噩梦中醒来。他做了一个梦，梦见他坐在一匹黑马的背上，这匹马跑呀跑，似乎根本就不想停下来。

他喊叫着“呃呃”以及“站住”和“停下来”。可是那匹马根本就不听他的使唤。

一种可怕的危险在威胁着他。那马在朝一个深谷那儿奔驰。约根害怕极了，他不明白这匹可恶的马为什么这样不停地疾驰。他想喊“站住”，可是这会儿他却喊不出声音来。

他似乎觉得，他嘴巴里全是糖浆。他想从马上跳下来，可是他做不到；他坐在马鞍上，像是被粘在上面了似的。

前面就是深谷了！那马腾空而起，飞了起来。深谷有一千米深。约根觉得胃里有什么东西在蠕动——这时他醒了。

还好，他这是在做梦。过了好长一会儿时间，他才觉得自己是安全的。他不能再睡了，因为他生怕一睡那个梦又会继续下去。

他静静地躺在床上，隐约觉得现在时间还早。他躺在那儿，刚要迷迷糊糊入睡时，却又突然被惊醒了，并一下子从床上坐了起来，因为他似乎听到：有一匹马正在园子里来回奔跑！

他又躺了下来，连头带身体整个儿钻进了被子里。他的心在剧烈跳动着，感到十分紧张。

他觉得，这匹马就是导致他做噩梦的根源！白天它在园子里来回奔跑才对呀！

他竖起耳朵仔细听着，他似乎听出来，它跑的方法有点儿不同，显得有些特别。他好生奇怪，干脆又从被子里爬了出来。他想去看个究竟，尽管这时心里仍有点儿紧张。他赤脚走过房间，小心翼翼地趴到窗户上，可是他没发现有什么马。

他透过窗户朝外面张望着。一开始他只看到外面一片昏暗，天也是灰蒙蒙的；过了一会儿，远处便露出了一轮金色的太阳。这意味着，今天又是一个风和日丽的夏日。这时候，整个园子里的树木都清晰可见了。一阵晨风吹来，树枝上的叶子哗哗摇曳，微光闪烁。

约根放眼朝绿色的草地上望去，只见在这温暖的季节里，母亲的花坛上已经呈现出一片五彩缤纷的景色，所有他能叫出名的花都一下子开放了。这时，他不仅看到了他原先想象的那匹黑马，而且还看见玛丽亚正骑在那匹马上在屋前的田野上来回地奔跑。她穿着昨天海员叔叔送给她的那套西部牛仔服。

还好，原来是玛丽亚骑着一匹黑马在外面跑来跑去，约根心想。

他打开窗户，把身体探到外面。“嘿！”他朝她喊道。

玛丽亚掉转马头，然后驱马来到他的窗下站住。“嘿！”她回敬道，“我刚才还在想，你大概睡不醒了呢！不过我的马发出这么响的声音，这又怎么可能呢。”

“我早就听见了，”约根回答说，“所以我才做了个很可怕的梦。这是一匹黑马，是吗？”

玛丽亚使劲点了点头：“不错，难道你看不清楚吗？”

“不，我能看清楚，”约根回答说，“可是，你干吗要这么早在园子里骑马！”

“哦，这个问题我差点儿全忘了！”

玛丽亚好像有什么心事。她又往窗户靠近了些，然后压低嗓音说道：“你必须同我一道走一趟。在附近好像有印第安人。”说着，她举起一根黑色的羽毛，“这是我今天早上在窗前发现的。”她接着说，“这肯定是昨天晚上一个印第安人丢失的。昨天白天还没有呢。”

由于激动，约根不由觉得肚子抽搐了一下。这么说，这儿还有印第安人！他不知道，对这一发现他是否会同玛丽亚一样感到高兴：“那么你打算怎么干呢？”

玛丽亚说了句着实使他感到害怕的话："我们必须先去找他们，"她不容分说地说道，"然后我们邀请他们来我们这里，请他们共进早餐，用可可茶和小面包招待他们。"可可茶和小面包，说得好听，可是约根觉得这太危险了。他才不愿意同这种客人一起共进早餐呢。

"你得快点儿去，"玛丽亚心急地说，"你必须跑着去，因为他们在那条小路上。"

"有很多人吗？"约根小心翼翼地问。

玛丽亚耸了耸肩膀："我不太清楚。"

这就是说，有可能是许多人，也有可能只是一个人。

玛丽亚站在草地上，挥动着那根黑羽毛。要是约根发现它的话，他会知道，他该拿它怎么办。他保不定会扔了它。从来没人发现过它。约根不想从中搞出点儿什么名堂来，也不想去寻找什么印第安人。

"如果你现在不去的话，那么我今天就不跟你说话了！"玛丽亚说。

于是，约根不得不下个决心。不多久他便穿着蓝色短裤和红色套衫站在了楼梯上。

"我们得赶紧去，"玛丽亚说，"要不然他们就走远了。"

"你知道他们往哪儿走吗？"约根问。

这个玛丽亚当然知道。"他们朝下面伦德湖方向走去，"她说，"你知道不，印第安人还有一条小船，叫独——独——独什么的。”

“独木舟。”约根替她说了出来。这个他知道，因为有一回他还同父亲一起坐过独木舟呢。

“我也想这么说来着，可是让你抢先说了出来。”玛丽亚说。她因为这个词没能说出来有点儿不高兴。

他们沿着篱笆朝树林边那棵高大的冷杉树走去。他们悄悄地穿过栅栏，来到了一条景色宜人的小路上。

眼下时辰一定还很早，因为走在沉甸甸的绿树枝下，使人觉得有点儿凉意。约根不由得哆嗦了一下。难道是因为害怕才哆嗦的吗？胡扯！这是因为冷才哆嗦的。他只感到湿漉漉的草茎不时碰到他的腿，豆大的露珠也不断落到他的身上。

玛丽亚走在前面。她蹑手蹑脚往前走着，跟牛仔在朝什么人靠近一模一样。约根不知道，他该以同样的方式潜行呢，还是跟平常一样去行走。他决定，还是以正常的方式行走。玛丽亚也没有责备他，说他这样走有什么不对头。他们沿着这条小路往前走。约根竭力想忘掉他先前心中存在的恐惧感。他低头望着脚下四处爬行的蚂蚁，它们丝毫都没有考虑眼下还是大清早。它们正在辛劳地工作，搬运冷杉树叶和细小的树枝。

小路在一片矮树林中穿行。高高的草带着湿润的花不断在他们的脸上掠过。路边也有许多花盛开着，显得十分艳丽，惹得约根心里痒痒的，真想去摘上一些带给危险的印第安人，以此来赢得他们的好感。

树林似乎没有昨天那样美丽了。不过，昨天并没有什么印第安人来过呀。玛丽亚突然站住了。“瞧！”她轻声叫道，同时指着一块石头。

约根朝她指的地方望去，只见在他们面前的小路上有一只脚印，就像西部电影里的那种脚印一模一样。这是一只很大的脚印，恐怕是一个巨人留下的。

“是印第安人的脚印吗？”约根问。

“不错，是印第安人的。”玛丽亚回答说。她两眼激动得熠熠生辉。

“我们最好还是离开这儿吧？”约根说。眼下他真的一点儿兴趣也没了。这只脚印看上去实在太危险了。

“逃走？他们在哪里，我们不是差点儿要找到他们了吗？”玛丽亚说，“不，我们不能这么做。这儿附近就有一个印第安人，我们马上就会找到他。他穿着一双莫加鞋[1]。”

约根点点头，表示他已听明白这个词，尽管他生活中还没有听说过这种鞋。这真是糟透了，玛丽亚知道的东西那么多，可他连听都没听到过。

他们继续往前走着，但没过多久玛丽亚又站住了。她又看出了一些情况。

约根真希望他现在正在家里躺在床上。不错，他宁可再做

①指一种木头鞋。

一遍噩梦，宁可再梦见那匹黑马，也总比现在这种情况强。他们面前的路上出现了一连串脚印，多得使他们数都数不过来。这些脚印一直通往下面的湖边。

约根注视着玛丽亚，心想：怎么样，你也紧张了吧。可是，没影的事！她反倒兴奋地跳了起来。“我们马上要到湖边了！”她说。

可不是吗！玛丽亚干吗要穿海员叔叔送她的西部牛仔服呢？她干吗要大清早骑着马在园子里溜达？他干吗要被吵醒，被拖来参加这个危险的行动？“玛丽亚，我不想参加了！”他轻声嘀咕道。

玛丽亚没听见他说什么。她已经接着朝前走去了。约根叹了口气，朝那排脚印看了一眼，然后只好跟着她走。不管怎么说，待在她身边总要好一些，因为现在一个人回家他是不敢的。

约根突然站住了。他如释重负地舒了一口气。为肯定起见，他又朝那些脚印打量了一眼。

这根本不是什么莫加鞋留下的脚印！这是一种像他爸爸那种靴子留下的脚印。几天前的一个傍晚，在一场阵雨过后，他同父亲一起去种土豆，他父亲在地里就留下过这种脚印。这下约根完全明白了。这种脚印不是什么莫加鞋留下的，而完全是一种普通的靴子留下的。

约根朝玛丽亚追了上去，因为这时她离他已经有很大一段

距离了。在那里，透过两棵树干，他看到了一大片蓝色的东西。那儿便是伦德湖了，天空映照在湖面上，湖水波光粼粼，闪着耀眼的光芒。

小路从最后一棵树跟前绕过，他们来到了湖岸边。

太阳已经升到湖面上，倒映在湖水中。一阵微风吹过，使湖面上漾起一片细小的波纹。

“这不是印第安人。”约根轻松地说道。

“不，”玛丽亚失望地说，“不一定！”

突然，她又兴奋起来，叫道：“瞧，约根！”

她指着湖面上。约根顺着她的手放眼望去，在波光粼粼的湖面上他终于看见了一条小船。

“这就是独木舟。”他俩异口同声地说道。玛丽亚高兴地跳了起来。可是约根却担心地说——

“别这样拼命地跳，不然的话他们会看见你的！”

可是玛丽亚不但跳，而且还“嘿”地喊叫起来了，喊叫声顿时在湖面上传开去。

“嘿！”从独木舟里也传来了叫声。

这是一个印第安人友好的回答声。

不过，他这样亲切，肯定是装出来的，这样好迷惑他们。

“嘿，印第安人！”玛丽亚喊道。

“印第安人？”独木舟上传来了声音，这话音中带有疑问的口气。“这里哪有印第安人？”另一个声音问道。这是一个女人的声音。

这声音听上去，好像他们也给搞糊涂了。约根判断得没错。

“是啊，你们不就是印第安人吗？”玛丽亚说，“今天早上我发现了一根羽毛。当时我马上就想到，你们肯定就在这儿附近。”

其中的一个印第安人笑了起来：“那么你找到我们以后，打算拿我们怎么办呢？”

“请你们去喝可可茶，去吃小面包。”

划桨声一下一下越来越清楚了，独木舟不一会儿便驶到了面前。它冲上了沙滩，停住了。那两个印第安人上了岸。约根又怕又好奇地打量着他们。他们不是印第安人，肯定不是的。那个男的穿着一双同他父亲一样的靴子，而印第安人是不穿这种靴子的，这个问题约根是非常清楚的。印第安人一般都背着钓竿，而这个印第安男人没有。他手里提着几条鱼，这些鱼很小，看上去一动不动。约根内心对他们有点儿感到歉意。那个女的长着一头金发，很漂亮，张着一张又大又圆的嘴笑着。那男的笑起来脸上布满了皱纹，两眼几乎成了两道缝。

两人看上去都十分友好，这使约根鼓起了勇气，问道：“你们不是印第安人吗？”

那男的脸上又立刻皱起了笑纹，回答道：“这儿这个牛仔称我们是印第安人，那么我们就当是印第安人吧。”

“你用不着对我们感到害怕。你的大哥哥在你身边呢。”

那女的说，一边摸了一下约根的头。

“这不是我的大哥哥，见鬼，她叫玛丽亚！”约根气愤地说。

“哦，天哪！”那女的吃惊地叫道，“这还真看不出来。你穿着一身牛仔服，看上去就跟男孩一模一样。你这是从你哥哥那里借来的吗？”

玛丽亚没吭声，打量了她好长时间。

“不，这套衣服是我自己的，”她终于说道，“为什么女孩子就不能穿牛仔服呢？”

那妇人的脸一下子红了起来，这使她感到有点儿尴尬。

“她不是恶意的，”那男的说，同时脸上露出一副认真的样子。见没人再说什么，他又问道：“你们叫什么名字呀？”

“我叫约根。”约根回答道。

“我叫玛丽亚，有时候也叫马里乌斯。”玛丽亚插进来说道，因为她父亲有时候也叫她马里乌斯，“别人还以为我们家没有玛丽亚，而有一个叫马里乌斯的男孩呢。”每当玛丽亚在家里吵闹得比一个七岁的男孩还厉害时，父亲就会这么说。

“哦，天哪！”那妇人说。

“你们多大了？”那男的问道。

“七岁。”玛丽亚和约根异口同声地答道。幸好没人再说玛丽亚大、约根小这档子事。

玛丽亚对她发现的这两个印第安人当然不是十分满意。她仍在认真地打量着他们。

“那么，你们的可可茶和小面包是什么样子的呢？”那男的问道，他说话的样子显得很亲切。

玛丽亚打量了他一眼。“你们不是印第安人，”她说，“你们在哄骗两个小孩子，这是不诚实的行为。你们应该为此感到羞耻！”

“住口！”那妇人说道，她有点儿生气了，“你自己在说，我们是印第安人。我们只是想同你们玩玩的。”

“我们可没在同你们玩，”玛丽亚说，“我们是在找真正的印第安人，可你们却在骗我们。你们不能同我们一起去喝可可茶，吃小面包。”

“不，不，”那男的说，“对我们来说，这事实在太糟糕了。不过我们有刚捉到的鱼，这就足够了。”

“是啊，就算是你们的运气吧。”玛丽亚说。她还是跟刚才一样无礼。

约根只是站在那儿听着，他感到十分吃惊，玛丽亚居然敢如此同大人说话。

“放肆的孩子！”那妇人说。

“算了，算了，”那男的说，“他们只是孩子。”

他们说着便连个招呼都没打就从那儿走开了。

“好了，”约根说，“他们走了！”

“不错，”玛丽亚说，“哪有这样哄骗小孩的？大人都是不可相信的！”

“不，”约根说，“不能这么认为。”

“这下好了，没有印第安人同我们一起回家吃早餐了。”玛丽亚说，“这是他们自己放弃的。不过，他们也甭想喝到可可茶，吃到小面包！”

“我们也吃不到了，”约根说，“不管怎么说，我们赶不上早餐时间了。”

15

猫头鹰屋

母亲要约根去买东西。这时他正在离房屋很近的地方玩，母亲喊叫他的声音，他听得很清楚。可是等母亲喊第三遍后，他才答应。

“你究竟是怎么回事？”母亲问，“你聋了吗？”

约根没有聋，他是不愿意听到。

“快去替我买东西。”母亲说，“我急着要一公斤面粉做午饭。快去买，越快越好。”

“可是我正玩着呢。”约根回答说。

“你回头再接着玩吧。”母亲说。

“我现在就要玩。”约根说。他不愿意去买面粉。

“你一定得去，马上去！”母亲命令道。她的声音变得严厉起来。

这下约根觉得，再同母亲商量也无济于事了，于是他只好去了。

母亲给了他一张一百元的钞票，要他把它交给店主古斯塔夫，另外约根还得到了一枚五分钱的硬币。母亲又吩咐他，别把钱弄丢了。

“快点儿回来！”当他已经跑远了后，母亲在他的身后道。

到那家商店里去，这可不是闹着玩的。约根很想逃避这项任务，可是他又不得不去。因为在去那儿的路上存在着许多危险！可是他又不敢把这一情况告诉母亲。如果他把害怕的事告诉母亲的话，她也许会认为他这种想法很幼稚。

如果约根从大路上走到商店，这条路比较远。不过他可以穿过树林走小路，这样就近多了。

母亲叫他去商店买东西，大多数情况下他都是走大路去的。可是，如果她要他快点儿的话，那么他只好抄近路了，这样他就会面临许多危险。

那条路是很漂亮的，也是比较宽阔的，可是在拐弯处有一大片冷杉树，这些树使他心里很不安。在秋天的傍晚他根本就不敢打那儿过，因为那儿树冠上会发出像人一样可怕的哭泣声和呻吟声；如果从树下走过的话，甚至还会听到“喀嚓喀嚓”的声响；有时候还伴有“沙沙沙”的声音。

约根在那儿树下从没有看到过人，正因为这样，才使他感到阴森恐怖。有时候他从那儿走过，好像看到树枝间有一个人影，可他又不敢肯定。于是，他往往都是拼命地奔过那些茂密的树，而且每次他都会觉得，那些树枝在朝他伸出枝杈，似乎想把他抓住……

这次也是这样。他提心吊胆地紧挨着那些树奔跑。

还有一个危险，那便是一条叫“罗米”的棕色大狗，给他带来很大的威胁。

这狗老是在一座红色小房子的篱笆后面走来走去，这座小房子就位于约根家去商店那条路的中段。

人人都说，罗米喜欢孩子，可约根不这么认为，至少他不敢这么肯定。

每次从那座小房子跟前走过时，那狗总在房子外面，而且会一下子扑到篱笆上，将两只爪子高高地举起来，甚至还会一个劲儿地叫，直到约翰娜出现在台阶上，看看是否有人惹它或者打它。

“你别惹罗米。”有一次她对约根说。

“可是我根本没有惹它！”约根反驳道。

“不可能的！”约翰娜说，“你一定惹它了，要不然它是不会这样拼命叫的。罗米最喜欢孩子了。”

“我是没有惹它嘛。”约根还想反驳，可是这会儿说话的声音明显低多了，除了他自己外谁也听不见。

罗米瞪着两只眼睛越叫越响。最后约翰娜牵着它回屋里去了，这时它才安静下来。

如果是约翰娜或者马丁，或者别的孩子靠近罗米的话，这狗便会静静地待在那儿，而且还会摇摆尾巴。它一直静静地等着，直到他们抚摩它。约根觉得这不公平。他也不明白，这狗为什么这么做。他从来没有恶声恶气地待过它，也从没有惹过它，一次都没有！

可约翰娜偏偏要说，他这么干过，这真是岂有此理！

今天还好，罗米没在外面。尽管如此，约根还是谨小慎微，飞快地从篱笆前面跑了过去。

约根也一直希望自己有一条狗，一条真正讨人喜欢的狗，这样的狗他会喜欢的。

在这条路上还有一件可怕的事，他觉得这也是最最危险的。

他走了一段路后开始放慢脚步，最后当他走到一片覆盆子矮树丛前面时完全站住了。

在这片矮树丛后面是一条幽深的羊肠小道，小道的两边布满了荆棘和欧石草，它弯弯曲曲地延伸到树林深处。这条小道非常狭窄。谁都不知道它的存在，也没人注意过它。

约根却知道这条小道，还知道沿着它往前走是很危险的。他知道，应该走那条又宽又安全的大路去商店。

他知道，他如果走这条小路，心会怦怦跳。

他什么都知道，不过尽管如此，每次去商店，他还是要走这条小道。

约根自己也不明白，他为什么要这样做。可反正他要这么做。好像有一种神秘的东西在引诱他朝覆盆子树丛那儿一步一步走过去。在八月份，那儿的树枝上会挂满沉甸甸的又红又大汁水又多的覆盆子。每当风从覆盆子树丛间吹过时，约根就会听到树枝似乎在向他述说什么秘密，随即它们会在微风中婆娑起舞。那些布满四周的草丛也会在风的吹拂下此起彼伏，哗哗作响，仿佛在向他吐露它们熟悉而他从不知晓的秘密。

今天也是如此。

当约根在覆盆子矮树丛前站住时，他马上意识到，前面就是那条可怕的羊肠小道，尽管他会飞速地从那儿跑过去。他放慢脚步拐入小道，这时他心中立刻像有一面小鼓似的咚咚地乱敲起来。

这条小路拐了一个弯，随即一块绿色的林中空地上便有一座灰白色小房子出现在他面前。第一眼望去，这所小房子并不怎么可怕，要是父亲看见的话兴许会说，这是一间里面并不住人的普通小屋。

马丁也许会说，到这儿玩玩“官兵捉强盗”的游戏很不错。

可是对约根来说，这座小房子是可怕的，甚至可以说是阴森恐怖的。

这座小房子的玻璃窗已经破碎，里面一片漆黑，门半开半闭，门后一定隐藏着什么巨大的危险。

约根站在那儿，两眼直愣愣地望着那扇门。突然，他仿佛

觉得，它慢慢地被打开了，有个可怕的东西从里面跑出来。他赶紧转过身去，拔腿就跑。他飞也似的从杂草和苔藓上跑过。

当他又跑回到覆盆子树丛前时才站住。在那儿他总算觉得安全了。

他必须先坐下歇歇，然后再接着去商店。

他回过头去看了看，小路上没人跟上来。这时身后那轻微的沙沙声也完全消失了，除了近处枝头上一只鸟啾啾的叫声外，四周一点儿声音都没有，对这种鸟叫声约根当然是不会害怕的。

他每次站在那所小屋的门前时，总有这种恐惧感：他总觉得，那扇门似乎在打开来，接着便有一个东西跟在他后面奔跑。那是一只猫头鹰。他还从没有看见过猫头鹰，尽管如此，可他知道栖身在那里的必定是一只猫头鹰。

每次站在那所小屋前，等待那扇门慢慢打开时，他心里总是十分激动，尽管他也感到很害怕。他自己也不明白，为什么每次路过那里时，他敢于离得它那么近。真奇怪！

其实，他是非常想到猫头鹰屋里望一眼的，可是他没有这个勇气，他从来不敢在小屋面前多站一会儿，去看清楚里面出来的究竟是什么东西。

他想跟玛丽亚说说这座房子，说说这只猫头鹰。也许她知道，猫头鹰究竟长什么模样。是的，这件事他回头一定去做。世界上没有什么事会让她害怕的，她肯定敢进那间灰白色的小房子。

接着，约根往商店跑去了。这下，他觉得那家商店也不怎么远了。他决定了，午饭后就去把这件事告诉玛丽亚。也许——不过只是也许——只要她想，他会把她带到那间小房子里去。

16

马丁的自行车

当约根提着面粉和找回的零钱回来时已经有点儿晚了。

母亲马上就会叫他吃午饭的。一场游戏又要开始了，时间已经不多。约根这会儿反正也没什么重要的事情要做。

他来到下面公路的拐弯处，因为他刚才看到那儿有一大帮孩子。

在哈默比，好像所有人家都在同一时刻吃午餐似的，所以孩子们都在那儿等着他们的妈妈做完午餐叫他们。他们有的蹲在公路的排水沟边，有的躺在草地上，一个个都显得无所事事，因为他们觉得午饭前没必要再玩什么新的游戏了。

约根坐到了孩子们的中间，因为他想知道是否有什么新的情况。所有的孩子看上去都有点儿蔫。他们说话轻声轻气，一举一动也都显得有点儿磨磨蹭蹭。不过约根觉得，他们只是在等待什么希望。

这时大男孩们懒洋洋地围坐在一块大石头前，并且一个个靠在石头上。他们当中没一个是站着，或独自一人坐着的。埃里克在啃咬手里的草茎，然后把它们一截一截地吐到远处。托勒举起一只手，用手中的树枝朝大石头抽着。奥勒·彼得只是坐在那儿愣神。

小男孩们围坐在那儿，有的不吭声，也有的互相在嘀嘀咕咕说话。

只有马丁坐在他那辆几乎不怎么新了的蓝色自行车上骑来骑去。大家仍觉得这辆自行车非常棒。这是一辆十分时髦的带有变速器的自行车，所以马丁骑起它来比别的孩子骑那些旧自行车快得多。

他一会儿骑得飞快，一会儿又骑得十分慢；一会儿来个大转弯，一会儿又来个小转弯。那些孩子在那儿等待吃午饭，无聊地看着马丁骑着自行车在他们面前来来去去。

大男孩们有点羡慕地注视着他。

托勒终于问道："你能借我骑一下吗？"

马丁摇了摇头，他似乎正等着别人向他提出这个请求，然后他可以讥笑别人，并说："不，这简直是在开玩笑。"

"不行！"他果真这样说了，随后又拐了一个很大的弯。

"别这么献丑了！"托勒说。

马丁没有回答。

“过来，把你的自行车借给我们骑骑吧！”奥勒·彼得请求道。

可是马丁装着什么也没有听见。

这时那些小男孩也开始请求道：“让我们骑骑吧！就骑一圈！求你了！”

可是马丁根本就不听他们的。他在跟他们开玩笑，就是要让他们求他。当他们问，为什么他不肯把自行车借给他们骑一下时，他脸上一副嘲笑的样子。

“你至少可以让我试一圈吧。”埃里克有点儿生气地说。

“一圈也不行！”马丁叫道，“不行，不行，就不行！”

他喊了那么多“不行”，喊得有人把耳朵都捂上了。

可他还在他们面前骑来骑去。时间也在一分一秒地过去。他还要作弄一下其他人，譬如说约根，因为他才来。

约根觉得马丁太可恶了。又没人要把他的自行车搞坏，他们只是想向他借来骑一下，可他却这样不遗余力地作弄别人，太卑鄙了。

突然，有一个妈妈的声音在哈默比的上空响了起来：“克——里——斯——丁，吃饭啦！”

这下，大家都知道，大部分家里的午饭都做好了，于是大伙儿都一哄而散，回家去了。

约根也往家里跑去了。玛丽亚不在这些孩子中间，所以他也不可能问，她是否愿意同他一起到猫头鹰屋那里去。不过午饭后还有的是时间。

尽管这是一个十分平常的星期四，午餐后仍然还有冰冻甜食。约根大口大口地吃着，直到肚子里一点儿空隙都没有。他吃得肚子都撑大了。吃饱后他必须躺一会儿，得让肚子里的东西尽快消化掉。他刚一躺下就立刻睡着了。

当他醒来时，还觉得肚子饱饱的，不过那种胀鼓鼓的感觉已经没有了。约根已经不觉得累了。他走出房门，他要去找玛丽亚。天空中乌云聚集在一起。眼下已到了下午很晚的时候，不过离上床睡觉还有很长一段时间。

约根站在房屋前，朝四周打量了一眼。他突然发现马丁在下面的公路上。他埋头走着，迈着吃力的脚步走得相当慢，同约根平时不高兴时走路的样子一模一样。马丁朝路边的石头踢了一脚。他耷拉着脑袋，两眼注视着自己的脚尖。

这时他已经来到约根的跟前。“告诉我，你看见我的自行车没有？”他问。

约根摇了摇头。

“吃过饭后你看到有人骑过它吗？”

约根还是摇了摇头。

马丁一下子完全变了样！他不再像平时那样神气活现了，两眼充满了沮丧的神色，说话的声音也变得低沉了。他不再是约根原来认识的可恶的马丁。约根几乎认不出他来了。在这个

马丁面前他一点儿也不感到害怕，他甚至敢向他提问题了。

“你的自行车怎么了？”他这样问道。

“什么人把它骑走了。我找不到它了。”马丁回答说。

马丁的眼睛里有什么东西在闪烁。眼泪在他眼眶里打转，这种样子在克努特或者约翰内斯身上约根是有可能看到过的。可是在生活中，他怎么也不相信，马丁也会有哭的时候！

“到底是谁把它偷走了呢？”马丁问。他的声音也变得有点儿哽咽了。原来如此！这个不可一世的马丁也会哭！以前有谁会想到呢？

马丁变小了。在约根眼里，他一下子缩小了，成了正常的马丁。以前约根总是把他看成一个庞然大物。现在他才觉得，他并不比托勒、埃里克、奥勒·彼得以及别的大男孩大。

他还从来没有这样敢正眼看过马丁！

看来，马丁实在是太喜欢他的那辆自行车了，不然的话，他绝对不会因为丢了一辆自行车而哭的！

真奇怪，马丁也有他所爱的东西！平时他尽爱搞破坏，别的孩子玩的时候，他还专爱去捣蛋。

约根突然觉得这个马丁怪可怜的。他站在那里，几乎惊奇地发现，他有点儿喜欢这个马丁了，尽管他以前常常不把他放在眼里。约根决定要帮助他。突然他听到自己在说：“马丁！别哭了！我会帮你寻找，一定的！”

马丁注视着约根，他没有笑话他，也没有讥笑他，他也没有生气。

"真的吗？"他问。他甚至看上去还有点儿高兴。

"是的。"约根说，尽管他还不知道，他该怎样去寻找。

"我也不明白，它究竟哪里去了？"马丁说。

"不会很远的。"约根说，因为母亲有一句口头禅：要找东西，就不会找不到。

马丁朝约根笑了笑，这是一种友好的微笑。他说，他也要继续去寻找了。

约根朝伊甸园跑去了。他要马上把猫头鹰屋和马丁自行车的事告诉玛丽亚。

玛丽亚对这一切感到很兴奋。她首先要去看看猫头鹰屋。她觉得这是最激动人心的，然后她再去帮助找那辆自行车。

他们朝那条通往覆盆子矮树丛的小路走去。约根一直在前面走着，直到那股恐惧感袭上他的心头才停住脚步。他把那条通往猫头鹰屋的小道指给玛丽亚看。树林中一片寂静，也许这是因为马上就要到晚上的缘故，树林也要睡觉休息了。阳光透过树枝斜照进树林，在林地上投下了斑斑驳驳的亮点儿。

可是，树林中的光线越来越暗，天气也越来越凉。

这时一股凉意从约根脊背上掠过，这使他不由得打了个寒战，不过也驱使他坚定地踏上了通向猫头鹰屋的小道。

在绕过那片覆盆子矮树丛时，玛丽亚走到了前面。她问约根，她是否要搀着他的手。可是约根说，这没必要，他没那么害怕。不过，他这是在撒谎。

他们沿着那条小路慢步走着。

“就在那个拐弯的地方。”这时约根耳语道。

玛丽亚在那片绿色的林中空地边站住了，这一边正好被冷杉树的阴影罩住。约根紧紧挨着她。两人朝那所小屋望去，只见那所小屋的玻璃窗是破碎的，屋顶是坍塌的，门同以往一样仍是半开半闭。

“现在，”约根心想，“现在那只猫头鹰就要从门内冲出来了！”

他抓住了玛丽亚的手以防万一，可是什么事也没有发生。这就奇怪了。每次他独自一人来到这里时，他总会觉得门好像敞开了，里面有个怪物冲出来跟在他后面跑。

玛丽亚点点头。“不错，”她说，“这肯定是一所猫头鹰屋。这看上去很像猫头鹰喜欢栖身的小屋子。”

他们朝那所小屋走去。

“你不是想要进去吧？”约根害怕地问。其实，他非常希望玛丽亚有这个胆量。可是他同时也在想，她最好还是别进去。

“如果有猫头鹰在里边，我们去把它赶出来！”她回答说。

约根感到浑身发毛。他不想一同跟去，可是也不想独自一人待在那里。要是让玛丽亚一个人进去，那他也太卑鄙了。早知道这样，还是不把这件事告诉她好！

他紧跟在她后面，相差只有几步路。她跑起来可能要比他快，如果她突然放开脚步逃跑，那么他也会不甘落后的。他觉得这件事太可怕，所以最好还是早做准备，以免事情来得太突然。

可直到他们来到门前还是没有发生什么事情。他们站在那儿，又朝这座小房子打量了一下。

“它看上去一点儿也没什么可怕嘛。”玛丽亚说。

“不，”约根说，“别进去！”

这是对的。当他们此时站在房屋门前，透过破碎的玻璃窗朝里边张望时，约根看到，这座房子的背面还有一扇窗户，而里面并不像他原先想像的那样漆黑一片。

不过那扇门仍然是可怕的。它插在门墩上，半开半闭，似乎只是为了吓唬吓唬孩子。

玛丽亚当然不去注意这种情况。她径直朝房门走去，并一把推开了房门。门嘎嘎嘎地发出了响声。约根害怕起来，可是他马上发现，这是一种愉快的声响，一阵向他们表示欢迎的声音。

根本就没有什么东西朝他们扑来。奇怪！

玛丽亚走进去了，胆量十足。约根不敢进去，心里还在发毛。

“你看，约根，”玛丽亚从里面传出声音来，“这儿多么漂亮啊！快进来，你自己瞧瞧！”

里面并不怎么暗，有足够的光透过窗户和房顶的裂缝射进屋来。光线阴影在地面上构成了美丽的图案。

在一个角落里放着一张桌子和两把椅子。墙上挂有一只吊橱。玛丽亚爬到一把椅子上，把那只吊橱的门打开，里面除了几只蜘蛛和一些死苍蝇外什么也没有。

墙上贴着几张画，它们是马和花什么的，都是从报纸上剪下来的，看上去很美。

“这儿不是很好吗？”玛丽亚开心地问，“我们在这里可以尽情地玩了！”

这只是一间很普通的屋子。约根朝四周打量起来。这儿真是美极了，可是使他感到奇怪的是，居然连一只猫头鹰都没有发现。

“住在这儿的猫头鹰究竟藏在哪儿呢？”约根问。

他想，每次他来到这里，总看到这扇门是开着的。

“我有点儿觉得，这所房子里根本就没有什么猫头鹰。”玛丽亚说，一边注视着一只搁在地上的大纸盒。这只盒子里装满了有瑕疵和裂缝的杯子、碗等器皿。

“也许它藏在烟囱里。”约根考虑了一下说。

玛丽亚朝烟囱中张望，可是除了烟囱尽头一片蓝天外，什么也没有看到。

“没有，”她说，“这儿不可能有猫头鹰！”一般来说，猫头鹰总是躲在它们的小屋子里的。可是这里看不到一只猫头鹰，这里也没有哪个角落能藏住一只猫头鹰。

可是这扇门每次都是自动打开的呀！这一点对约根来说是千真万确的！

“有时候人们看到的东西，其实根本就不存在。”每当约根脑子里充满什么幻想时，母亲就一直这样安慰他。

难道这门自动打开也只是他脑子中的幻想吗？

他向四周打量了一下。玛丽亚又朝那只大纸盒弯下身去，这时她发现了一个问题。她指给约根看一样奇怪的东西。

只见在那只盒子后面，在屋子里幽暗的角落中有样东西在闪光。他鼓起勇气走近前去。

“天哪！快来瞧！”他突然叫道。

玛丽亚一步跨到他跟前。“不！真不可思议！我简直要疯了！”她说。

原来，那儿居然藏着马丁的自行车，它还同上午那样，在闪着蓝色的光亮。

“它怎么会到这儿来的呢？”玛丽亚问。

约根知道。“猫头鹰，这是猫头鹰干的！是它把这辆自行车偷来的！”他喃喃地说。

玛丽亚摇了摇头。“不对！”她反驳道，“这不是猫头鹰干的！也许是有人要气气马丁，所以就把他的自行车藏到这里来了！”

约根知道是怎么回事了。

当他们把自行车已经找到的事告诉马丁时，马丁起先还不

相信。不过他还是跟他们一起来到了猫头鹰屋，亲眼证实了这件事。

“太谢谢你们了！”他说，“非常感谢。”他笑着说，显得十分友好。

“究竟是谁把它藏在这儿的呢？”过了一会儿他问道。

玛丽亚耸了耸肩膀，约根没吭声。他不想把有关猫头鹰的事告诉马丁。玛丽亚觉得，现在这件事对他不是很重要了。马丁推着自行车从森林里穿过。

他一会儿吹吹口哨，一会儿又哼哼小调。他还不时停下来，抚摩一下自行车。他仔细检查了一番，因为他担心自行车有可能会被弄坏。还好，它完好如初。

他对约根和玛丽亚谢了又谢。不过他怎么也不明白，约根怎么会料到，在这儿能找到自行车。约根回答说，他也不知道，他无意之中走进这小房子，结果在那儿发现了这辆自行车。

当他们来到公路拐弯处时，已经有许多孩子聚集在那里了。大家都听说，马丁的自行车不见了。马丁真幸运，自行车又找到了，所以他也不想追究，到底是谁把自行车藏在了猫头鹰屋。

他坐在自行车上，来回骑了几圈。

接着，他把自行车挨个儿地借给那些大男孩骑了骑。然后，那些会骑自行车的小男孩也被允许骑了骑，他们骑的时候马丁跟在边上跑着，一边抓住自行车，以防他们摔倒。

当然，约根也可以骑上一骑，而且当大家都骑过后，他还可以同马丁一起骑在自行车上兜上几圈。

这种场面令人激动，使人觉得十分开心。大家的心愿都得到了满足。

约根突然觉得，他现在才真正认识马丁。马丁是他所认识的最可爱的男孩。他真心希望马丁会永远保持这样可爱。

“我觉得挺纳闷的，这自行车怎么会自己跑到那儿去的，”过了一会儿，马丁说道，“也许有人想作弄我。”

可是约根说他也不知道；玛丽亚说，她不相信有什么猫头鹰。她断言，森林中的小房子里根本就没有猫头鹰。然而约根知道，她这种说法不一定对。那儿肯定有一只猫头鹰，不过他现在对它已经不感到害怕了。显而易见，就是这只猫头鹰把马丁的自行车拿走藏到那座小房子里去的，这样好让约根去找，与此同时它也好向约根表明，他根本就用不着怕它。它这样做，是因为它要同约根交朋友，是要向约根证明，它是一只可爱的猫头鹰。

下次约根再到覆盆子矮树丛那里去的话，他再也用不着害怕到那所小房子跟前去了。他甚至还可以独自一人走进去，真的。

事情当然也会有这种可能，那扇门被打开只是他的幻想而已。

不过，猫头鹰的存在一定不是他的幻想！

约根真希望，猫头鹰真的会出现！

17

帕尔玛姨妈来做客

“我必须穿这件白衬衣吗？”

约根打量着那件难看的白衬衣。这件衬衣除了圣诞节、过生日或者去帕尔玛姨妈家做客外，平时他是从来不穿的。

“是的，”母亲回答说，“你知道，帕尔玛姨妈平时喜欢爱干净的漂亮小男孩。”

“我穿别的衬衣难道不干净不漂亮吗？”约根问。

“不是的，”母亲说，“干净漂亮的男孩才穿白衬衣。再说，今天你穿上白衬衣，这是一种对帕尔玛姨妈友好的表示，这不是很好吗？”

“我一向觉得，穿上白衬衣显得很滑稽，”约根嘟嘟囔囔地说，“如果我穿上它，胳膊腿都会变得僵硬的。”

“这只不过是你的心理作用。”母亲有点儿生气了，最后不容分说道。

约根叹了一口气。

小孩的想法永远都是徒劳无用的。他很不情愿地穿上那件白衬衣。扣纽扣时母亲帮了他一把，每次穿这件衬衣，约根总扣不上纽扣。

不过，那件五月十七日节日才穿的水兵服他自己就能穿上。那件衣服才叫漂亮呢。约根非常喜欢它。可他怀疑，那件衣服同这件衬衣不相配。

母亲蘸着水给他梳头，这样好使头发平整些。可是这样梳过后，头发反而有点鬈曲了。

“我不要这样，”约根说，“我不要你把我的头发梳得鬈起来！”

“好了，”母亲说，“别闹了。你现在自己看看，你有多漂亮！”

约根跑到镜子面前。一个陌生的男孩站在玻璃镜子里面朝他打量着。约根真想朝这个身穿节日盛装的陌生男孩鞠一躬。

“瞧，你这不是很好吗？”母亲高兴地说。

“镜子里的男孩是不错，”约根回答说，“可是我不信那就是我！”

“帕尔玛姨妈会高兴的，”母亲说，“她信中说过了，见到你她会感到非常高兴的。她已经有一年没有看见你了，你知道不！”

这一点儿约根当然非常明白。正因为这样，他才为跟帕尔玛姨妈重逢而感到十分不安。

碰到这种情况，恐怕所有的孩子都会跟约根一样，有这种提心吊胆的感觉。

当帕尔玛姨妈到达时，约根正站在外面院子里。她个子很高，也相当胖。她的衣服看上去好像小了一号。她那黑黑的头发平平整整从下往上梳，到了上面打成一个发髻，整个发式看上去就像一只带有流苏的帽子。

约根打量着姨妈那副眼镜，心里不由得有点儿害怕，因为她那双眼睛被放得很大，而且变成了黄颜色。他记得那篇格林童话《小红帽》里，那只躺在床上装扮成奶奶的大灰狼就有这样的眼睛。姨妈也在打量着约根，不过马上就伸出两只手叫道：“哦，可爱的孩子！”

约根想躲开姨妈，可是姨妈已经紧紧地搂住了他，使他吓得连话也说不出来。他的脸被按在她那光滑的、讨厌的衣服上。她朝他弯下身来，在他额头上吻了一下，约根拼命想从姨妈的怀里挣脱出来。

帕尔玛姨妈身上有股桉叶糖味道。后来约根只要一想起姨妈，就好像会闻到一股桉叶糖味儿。她口里总是含着这种桉叶糖，可是约根连尝一下都不可以，因为这种糖对牙齿是有害的。

帕尔玛姨妈终于松了手，不过仍抓住他的一只手臂。这时母亲从房间里出来了，她开心地笑着，热情地迎接着帕尔玛姨妈。

可是帕尔玛姨妈这时却绷起了脸。她一边打量着母亲，一边说道："拉吉德[1]！他怎么老是这么小！这一年来他一点儿也没长！"

随后她又转向约根："你看上去简直就像你的一个小弟弟。"她说，一边瞪着两只大眼睛望着约根。

接着她便一直用很幼稚的语言同约根说话。可是她不明白，约根已经七岁，许多奶声奶气的话他早就不说了。

约根知道，她之所以这样说话，主要是因为自上次看到他以来，他们已经好长时间没见面了。这对她来说似乎很正常。她同母亲说话的那种神情，好像毫不在乎他在场不在场。她说到他这么小时，仿佛是想弄明白，大人们对此都是怎么看的。

帕尔玛姨妈又转向了母亲。

"拉吉德，"她认真地说道，"你能保证一切都正常吗？小孩子当然是小的，可是他们总不该这么小吧？你没带他去看看医生吗？"

母亲几次想打断她的话，可是都没有成功。约根发现，母亲很不想跟帕尔玛姨妈谈论这件事。母亲知道，如果要他在一边听这类闲言闲语的话，他会觉得很尴尬的。

帕尔玛姨妈仍紧紧地握着他的手臂，使他无法逃脱。他一向就不喜欢这个姨妈，可是他没有想到，她居然这么俗气。

---

①拉希尔德的昵称。

他突然觉得，喉咙口仿佛被一只丸子堵住了。他开始揉眼睛，泪水不由得夺眶而出。

帕尔玛姨妈为什么要这样议论他呢？

帕尔玛姨妈这时又偏偏在从上往下打量着他。

“可怜的小孩，”她说，“你究竟是怎么搞的？你瞧这个！”

说着，她打开一只很大的黑色手提包：“瞧，我给你带什么来了！”

她递给约根两只小盒子。十分漂亮！也许这才是帕尔玛姨妈的可爱之处。

他们朝院子里凉亭那儿走去。

母亲已经煮好咖啡。在去凉亭的路上约根将那两只小盒子打开了，这时他心里充满了好奇。在那只大一点儿的盒子里是一辆红色的雕塑卡车。

“我知道，男孩子对卡车是非常喜欢的，所以我想，这玩意儿对你很合适！”

约根一边有礼貌地鞠了一躬，一边说了声：“谢谢！”

他竭力掩饰住自己对这种卡车极其不喜欢的心情。

第二只小盒子里是一把小玩具手枪，这是一种很漂亮的左轮手枪。马丁见了一定会喜欢得不得了，可是约根不喜欢手枪。

“我想，如果你们玩骑士游戏和印第安人游戏时，你也许能用得着它，”帕尔玛姨妈说，“这是人们用来防身的最好的武器。”

Browning

她对她的礼物感到非常得意，竟然忘了继续用小孩子的口吻跟他说话，而改用了大人的口吻。

约根又一次彬彬有礼地为玩具手枪向她表示感谢。姨妈偏偏丝毫不差地挑选了两件他最不喜欢的东西。

“给男孩子买东西可真够难的，”帕尔玛姨妈还在对母亲说道，“不错，你们什么都有。不过我想，汽车和手枪对男孩子来说是永远不会嫌多的！”

母亲要是这样说就好了；帕尔玛姨妈给约根的礼物真够多的，可是约根对它们却不怎么喜欢，尤其不喜欢手枪。可是她没有这样说，她当然不能这样直截了当地说。

“我想，你用这把手枪玩会很有趣的。”姨妈说，一边在约根的头上摸了一下。

约根有点儿怕她那双手，因为手指尖尖的。他还记得，她曾用她尖尖的手指挠过他的下巴，使他觉得痒得要命。

“怎么样，吃点儿什么？”母亲对姨妈说。她生怕姨妈会发现约根对这些礼物不太喜欢，尽管他已经谢过了她。

还好，帕尔玛姨妈一点儿也没有察觉。不过她这时已将目光投在了苏菲和玛格达蕾娜这两只布娃娃身上。刚才同帕尔玛姨妈见面时，约根居然忘记把它们拿到他的房间里去了。他们一起在一棵树下坐下了。

“这些布娃娃是谁的？”帕尔玛姨妈问道。

约根和母亲互相看了一眼。约根知道，帕尔玛姨妈对玩布娃娃的男孩会怎么看待。她会说，这种男孩不是“真正的”男孩，布娃娃只是女孩子玩的东西。她会这样说的。

还好，母亲代替约根回答了这个问题：“哦，这些布娃娃是玛丽亚的。她是约根的朋友。她是我们房客的女儿，现在他们都住在我们的伊甸园里度假。”

妈妈在说谎！妈妈居然也会骗帕尔玛姨妈！当她在说这些话时，恳切地望着约根，好像是在怕约根会说出别的不一样的话来。

不过，母亲能想出这个答案来，约根还是感到十分高兴。

毕恭毕敬坐在椅子上，喝果汁，吃两块糕饼，约根觉得十分讨厌！他一点儿也没想到，帕尔玛姨妈会来做客。

“约根老是长不大，我真的很担心。”帕尔玛姨妈对母亲说。

母亲朝姨妈使了个眼色，希望她别再提这个问题。约根从母亲的目光中看出“请你说话注意点儿”的意思。

可是姨妈丝毫没有察觉。“他吃饭正常吗？”她问道，“要多吃蔬菜和水果，早饭要吃燕麦粥！”

母亲急切地瞪了她一眼。

“不正常，”母亲只好回答说，“约根不喜欢吃燕麦粥，他不吃这种东西。”

“可是拉吉德，”姨妈惊讶地说道，“这怎么可以！一定要喝粥，这样他才会长高，长结实！怪不得约根长不大！在我们家里，所有的孩子个子都很大，尤其是男孩。”

母亲无可奈何地朝约根看了一眼，一边微微摇了摇头。母亲以前跟约根谈起过姨妈，记得当时母亲对他是这样说的：姨妈有时候有点儿古怪，因为她本人从不想要小孩。所以，她也不知道平时该如何跟孩子打交道。

再说，她现在老了，更不了解现在的孩子和过去她小时候的孩子完全不同了。她只知道，对待孩子就该跟过去一样，一成不变。

帕尔玛姨妈这样说话也并没有什么恶意。她一心想尽力来帮助他们，向他们倾注爱心。约根事后这么想。可是使他怎么也不明白的是，她在谈到他时用了那么糟糕的言词，怎么又能算是好意呢。

“我觉得，你该带他去看看医生。”帕尔玛姨妈这样说。

约根真想把果汁泼到她脸上，并朝她说：“蠢鹅！”可是他没敢这样做。他不想再坐下去了，他要走了，要去同玛丽亚一块儿玩。要不然这个愚蠢的帕尔玛姨妈待会儿还会对他做出什么事来，说出什么话来。她尽管在他们家尽情地往下说吧，可是别来找约根的麻烦！

这时候有人来了。“约根！”传来了一个声音。

玛丽亚站在外面的草坪上。她刚跟父亲一起钓鱼回来，所以穿着一条补过的长裤子。她手里拿着一辆约根借给她的玩具小汽车。

当看到帕尔玛姨妈时，她不由得站住了。

“嘿，玛丽亚，”母亲说，“你想喝杯果汁吗？”

玛丽亚平时很喜欢喝果汁。她注视着正朝她微笑的帕尔玛姨妈。

“这小家伙是谁？”帕尔玛姨妈问。

玛丽亚打量了她好长时间，然后才鞠了一躬说道：“我叫玛丽亚。”

帕尔玛姨妈大声笑了起来，浑身的肉也跟着抖动起来。“哦，我的天哪，”她说，“我还以为你是一个男孩呢。现在这个世道男孩和女孩还真难分别呢。男孩穿玫瑰红的衣服，女孩留短发，穿蓝衣服倒也罢了，可是穿短裤说什么都只是男孩子的事啊。”

她对玛丽亚说话的口气尽管很友好，可是约根听得出来，她话音中还是带有一点儿恶意。

“你就是玛丽亚呀，”姨妈接着说，“这么说那两只布娃娃就是你的啰。看来你是把约根忘在你那儿的汽车送回来吧。”

“不，那不是我的布娃娃，”玛丽亚说，“它们是约根的。我才不喜欢布娃娃呢。我觉得它们讨厌。我宁可玩汽车。”

这时玛丽亚发现了那辆帕尔玛姨妈刚刚送给约根的卡车。

“哦，漂亮极了！”她说，“我们交换好吗？我把我的一本书给你，你把这辆卡车给我，反正汽车对你也没什么用。”

帕尔玛姨妈听了这话像有一块蛋糕卡在了喉咙里。母亲也恨不得朝玛丽亚脊背上捶一拳。

“拉吉德，”帕尔玛姨妈喃喃地说道，“这究竟是怎么回事？

你不是说，这些布娃娃是这个女孩的吗？可她现在却说，布娃娃是约根的！这是什么意思？难道你这是瞒着我，约根还在玩布娃娃？”

母亲深深地吸了一口气。约根发现，她生气了。

她把身体伏在桌子上：“是约根的布娃娃，可是这跟你有什么关系！”

天哪，母亲真的生气了：“因为我不想让约根回答你那些无聊的废话，所以我就随口说了一句话来骗你。要是对你说，约根现在仍在玩布娃娃，那么你就会说他不正常。难道你不认为，你在这儿乱说一气，他会觉得不舒服？难道你不觉得，你这样做会给他带来伤害？”

约根还从来没有看到母亲发过这么大的火！

帕尔玛姨妈刚想说点儿什么，可是母亲不等她开口又接着往下说了。

“玛丽亚爱玩汽车，约根喜欢布娃娃。你就让他们随心所欲地去玩好了，你别去指手划脚行不行？”

“可是拉吉德，”姨妈神色十分紧张，连说话的声音都有点儿颤抖了，“我只是觉得……”

“好了，我知道了，”母亲这时恢复了平静，“对不起，我有点儿过火了，可是你这样说孩子，会对他们造成伤害的。”

帕尔玛姨妈静静地坐在那儿。母亲在说这些话时，她不住地点头。然后她开始说一些其他的事情，不过这没有持续很长

时间，像是事先打算好了似的，接着她站起身告辞。她走的时候又摸了摸约根的头，然后朝玛丽亚笑了笑。母亲陪着她朝院子的门那儿走去了。

过了一会儿母亲回来了，满脸不高兴的样子。“唉，”她叹息了一声，“真无聊！不过帕尔玛姨妈也没什么恶意。她只是跑来说说而已。她本来是非常讨人喜欢的！”约根显得很开心，因为姨妈搭上公共汽车回去了。再说他得到了礼物，一辆卡车和一把手枪，尽管他不喜欢，可毕竟也是姨妈送的礼物。坏人是从不送东西给别人的。这样看来，帕尔玛姨妈说什么也是个好人。可是她为什么老是说他长得小？他需要吃什么，母亲最清楚。饮食方面的问题根本就用不着姨妈去操心，这跟她毫无关系。

她说出来的话老是叫他不好受，可要他装作没听见，又办不到。再说，他的确什么都听见了。他真希望帕尔玛姨妈别马上再来。“但愿她以后还会来，”母亲说，“我刚才说了一些我不该说的话。”

不过，对母亲同帕尔玛姨妈说的那些话，约根倒觉得很带劲儿。另外，他对母亲站在他这一边也觉得很开心。

玛丽亚才不关心刚才发生的事呢。她只对那把手枪和那辆卡车感兴趣，非常感兴趣。

“如果你把这辆卡车和这把手枪给我，那么你可以在我那儿得到两本画册。”她向约根建议道。

那是两本非常漂亮的画册，约根从来没有看到过。

他没有多加考虑便点头表示同意了。

“好吧，”他说，“我同意。不过你有时候得让我把它们带到沙箱那儿去玩玩！”

“你不是说过，你不喜欢汽车吗！”玛丽亚有点吃惊地说。

“这辆汽车我喜欢！”约根说。

他自己也不知道，他为什么会这样说，也许是因为他觉得有点儿对不起姨妈。她毕竟是一片好意，但愿她没有不开心。

然后约根陪玛丽亚去伊甸园了，他要在那儿用手枪和卡车跟她交换画册。玛丽亚知道，他想要那两本画册已经很久了。

18

游泳

对约根来说，星期天是美好的日子，因为在星期天父亲用不着为吃饭穿衣问题去工作挣钱。不错，这一天父亲躲在家里，从一大早约根起床起，直到晚上他不得不上床为止。

还因为母亲、父亲和他可以在一块儿干一些事情，所以星期天是最美好的日子。

在别的工作日，父亲得整天工作。每天下午很晚他才回家，然后就吃饭休息，这样，一直到约根上床，剩下的时间就只有一点点儿了，想跟父亲和母亲一起干点儿什么，这点儿时间是完全不够的。

星期天下午那几个小时，约根可以同父亲在一起干许多事情，可是这段时间总是过得非常快。如果天气的确很好，那么约根要一整天跟父亲在一起。

如果父亲和母亲都有足够的时间，那么他们就会到树林里去散步，或者坐上汽车去远游。他们要为野餐找一个“宁静的场所”，母亲总是这么说。可是有时候他们还要去看望一些父母的朋友，那种事约根就不喜欢了。再说，在这过程中，他必须同父亲和母亲分开，同别人待在一起，尤其在星期天，他特别不想这样做。

这个星期天约根比以往醒得还要早。这并没使他觉得奇怪，因为外面的天气特别热。这天恐怕是整个夏天最热的一天，太阳在头上火辣辣地照着。约根觉得，他仿佛可以听到草地上草在晒干的声音。

这么热的天，想长时间地躺在床上是根本不可能的。所以，父亲、母亲和约根都早早地起来，并吃完了早餐。然后他们坐在花园里凉爽的树阴下，可是那儿给人的感觉仍然很热。

太阳越升越高，天气也越来越热。

“这里也热得受不了。”父亲突然说道，一边从丁香花矮树丛底下站了起来。

“去拿游泳衣——除了下伦德湖没别的办法了！今天我们就待在那边。”

约根一下子跳了起来。对他来说，同父亲和母亲一起去游泳，这事是再美好不过了。他不喜欢同孩子们一起到伦德湖里玩耍。跟父母一起在那儿玩耍那可是完全两码事！游泳是最快乐的事，而且对他来说一点儿也没危险！

约根高兴得一蹦一跳地跑到他的房间取出了那条蓝色的游泳裤。

每次他们去伦德湖游泳，总要带一大堆东西，可是今天父母只带了一点点儿东西，照相机和半导体收音机什么的都留在了家里。

他们上路了，他们在草地上慢慢地走着，晒干了的草在他们脚底下沙沙地倒下。约根在上面小心翼翼地走着，想尽量不踩倒它们，可是无济于事。他为这些弱小的草茎感到难过。“我们要去游泳，我们要去游泳！爸爸、妈妈和我一起去游泳！”他心里在欢呼着。今年夏天他们全家还是第一次一起到伦德湖里去游泳。

他们从伊甸园前面走过，只见所有的窗户都敞开着，窗帘在飘动，尽管约根一点儿也没感觉到微风的吹拂。几百只苍蝇在敞开的窗户间嗡嗡嘤嘤地飞来飞去。屋子里肯定没有人。也许他们也去了伦德湖，早在水里玩耍了起来。

他们来到了树林中。这里散发着一种热乎乎、甜甜的冷杉树味、松树味以及苔藓味。

这时约根看到远处有一片地方泛着蓝色的光，那是伦德湖的一块水域。

随后，他又听到了一片嘈杂声。那不是鸟的鸣啭和啼叫声，也不是树阴下那种蜜蜂围着花飞舞发出的嗡嗡嘤嘤声，更不是在风的吹拂下树叶和草茎发出的沙沙声。不，这些都不是。约根听清楚了，那是伦德湖上朝他们传来的人声和嬉笑声。

“我们已经来晚了。”母亲说。

“不，”父亲说，“整个哈默比的人今天都会集中到那里。但愿我们还不是最后到来的人！”

眼前这样一幅情景约根还从来没有见到过！他站在那里，嘴巴张得大大的，两眼直愣愣地望着前方。

他还从来没有看到过这么一大堆人。不管是在五月十七日的节日，还是在学校里的夏日节，都没有看到过这么多的人。他压根儿没有料到，哈默比有这么多的居民！伦德湖被一个美丽的沙滩环抱着。可是眼下根本就看不到一点儿沙滩，不计其数的人一排排地躺在那里，原来那个沙滩在这些人的身底下完全消失了！

放眼望去，到处都是伸展着四肢的躯体，有白色的、棕色的和深褐色的，他们穿着红色的、白色的、黄色的以及花的、条纹的泳装。

四处乐声荡漾。它们都是从收音机中传出的，这些收音机多得约根一时半会儿根本就数不过来。如果所有这些收音机都调到一个电台，那么这也许还受得了。可是，一个个收音机放出的是不同的音乐，这下你就可想而知了！伦德湖上空充斥着一片喊叫和笑闹混合在一起的喧嚣声，就像养鸡场有成千上万只鸡在同时啼叫。这些嘈杂声在约根的耳朵里嗡嗡作响，使他觉得头昏脑涨。

太阳照在平展展的湖面上，使湖水闪烁着耀眼的光芒，伦德湖一直到离沙滩前不远的地方，竟没有纹丝儿涟漪。只有在靠近岸边的地方，由于人们在水中嬉闹玩耍，才溅起一朵朵浪花，并泛起一片片波浪，朝湖面上荡漾开去。

有几颗小孩的脑袋和几颗大人的脑袋露出在闪闪烁烁的水面上，不知道他们会游泳还是不会游泳。在离沙滩最近的浅水处，有一些还要小的小孩聚集在那里，他们在岸边玩耍，互相追逐逗乐。

“瞧瞧，这都成什么了！”父亲说，“太有趣了。走，我们去找一个地方，待会儿你也可以同别的孩子一样下水去。”

他们环顾四周，想找一个够他们三个人待的空地。父亲说说容易，可是要真的找到一个位置并不容易。约根两只眼睛瞪得都鼓出来了也没有发现一块空地。

他们沿着人满为患的沙滩走了一段路，所到之处看到的除了人还是人。一些地方人们一个挨一个地躺着，使他们几乎无法插足。约根不得不绕着这些人跑来跑去。他跑得很快，因为父母走得要比他快。

“嘿，约根！”脚跟前有一个声音叫道。

约根往下一看，只见在他脚边上躺着一个有点儿发胖的妇人。他没有马上认出她来，因为一副大大的太阳镜几乎遮住了她整个脸。

"你不认识我了吗？"这个妇人笑道，一边摘下了太阳镜。

这下约根才认出这张脸，原来她是牛奶铺售货员拉格娜。可是她完全变样了！他只认得平时穿着一件制服外加一件白色围裙的她，可眼下她几乎光着身子躺在沙滩上。人们不穿衣服看上去就是两样！约根还拿不准，他究竟认出她没有，还是眼前只是一个陌生人。他朝拉格娜笑了笑，连忙朝已经走远的父亲追了上去。

父母离开了人满为患的沙滩。他们来到一块草地上，这块草地从湖岸上方一直延伸到森林边。那儿有许多又大又平坦的石头，人们可以半躺在上面晒太阳。大部分石头上都有人了，不过父亲最后还是找到了一块够他们三人待在上面的石头。

"不错，我们还算走运，"母亲说，"我们要是再晚来一步，也许根本就没有位置了！"

他们开始穿游泳衣。约根第一个穿好，因为他衣服穿得最少。父母他们花的时间就要多一些，因为他们得躲到简易篷下面去换衣服。

父母从简易篷下面出来时，约根注视着他们。他们没穿衣服看上去有点儿两样了，不过也没有像牛奶铺的拉格娜那样使他觉得陌生。约根早就看到过没穿衣服的父亲和母亲，可是当他们穿着游泳裤和比基尼走到他面前时，他却显得有点儿不太自然。约根心想，他们只有穿上衣服，那才是正常的爸爸妈妈。

“谁第一个跳进水里谁就赢！”父亲叫道，然后朝着湖边跑去。

“别开玩笑！”母亲在他身后叫道，可是他并没有停下来。

“走，约根。”她说，一边拉着约根的手。于是，三人飞快地朝湖边跑去。

父亲一下子扑进水里，四周溅起一片浪花。他在水中可以游得十分出色。当他仰在水面上，并用两条腿击打湖水时，看上去简直就像一只海狮。

母亲小心翼翼地下了湖，她蹚着水，湖水慢慢地没到了膝盖处。这时她犹豫了一下。父亲一边向她招手，一边喊着什么。于是她弯下腰来，整个身体扑进了水中，一些水滴溅了起来。

现在沙滩上只剩下约根一个人了。湖水不断地朝他的脚趾上涌来，他觉得水有点儿凉。

突然，他感到有点儿难为情，因为他在湖岸边站着，迟迟没敢下水。他将两只胳膊交叉着抱在胸前，好像是要把自己藏起来似的。

沙滩上的人们都在忙自己的事情，根本就没人注意约根。他脚跟前有几个小小孩在嬉水玩耍；身边也有几个小小孩在专心地建造沙垒。在湖里稍远的地方，有几个大点儿的孩子或游着，或在噼噼啪啪地拍击着湖水。

约根突然想起，他因长得十分瘦小，表示不想穿游泳裤到沙滩上去时父亲说过的话，“整个沙滩上没人会注意你！”父亲这样说，“沙滩上每个人的长相都暴露无遗。没人会在乎别人长得怎么样。现在的事情就是这样。如果你觉得穿着游泳裤丢脸的话，那么你就到沙滩上去看看你周围的人，看看别人都是什么样的！到时候你会看到各种类型的人，从肥胖的大块头，到像你一样瘦小的小个子。可是，不管怎么样，人人都有权利去游泳洗澡！”

那时父亲说完这些话就走了，他径直来到沙滩上。约根要试试，他穿着游泳裤站在别人面前的感觉究竟什么样。最初的感觉是，他恨不得马上把自己藏起来。他觉得，似乎所有的人都在盯着他看。可是，渐渐地这种感觉好点儿了，不过仍然觉得人们在注视着他，他害怕自己会遭到别人的嘲笑。

在此之前，他最担心的是碰到马丁，不过马丁现在也不会嘲笑他了。马丁现在对他这样好，也许是因为他帮他找到自行车的缘故。约根站在沙滩上，大脚趾已经触到了湖水，他仍顾虑重重。

一个女人急匆匆跑到湖中，将湖水啪嗒啪嗒地溅到了他的身上。水珠落在他的肩膀上，使他一激灵，觉得这水十分凉爽。他看到湖里远处父母他们两个头露在水面上。在他们上岸之前，他一定要下水。

“约根！”这时只听身后有人在叫他。

约根回过头去，只见玛丽亚朝他跑了过来。她没有穿游泳衣，只是穿了一条花短裤。她这样看上去十分漂亮，可是约根突然显得尴尬起来。他以前还从没有看到别人穿内裤游泳。

“嘿，约根！”玛丽亚说，“你也来了，太好了。这湖水很不错。天气太热了！”

“你这是游泳裤吗？”约根小心翼翼地问道。

玛丽亚一边摇头一边笑了笑。“不，”她说，“这事你不知道吗？我把我的游泳裤忘在了奥斯陆！不过我爸爸明天会给我再买一条的，如果商店开门的话。”

约根没再去盯着玛丽亚独特的裤子看。有几个女孩正站在稍远点儿的地方，她们在朝这边打量。这时她们将头凑到一块儿窃窃私语起来，随后又放声大笑起来。约根和玛丽亚都听到了这笑声。

玛丽亚和约根转过身去。毫无疑问，她们是埃尔泽、西里和卡琳，还有其他几个女孩。

“看看我的新游泳衣！”西里说，声音很响，以至于约根和玛丽亚也都听到了，“还是比基尼呢！”

约根和玛丽亚朝她们那边望去，只见西里穿着一条小小的游泳裤和一件半截儿的背心。

“玛丽亚，你那上半截哪儿去了？”埃尔泽大声问道。

“我把它忘在奥斯陆了。”玛丽亚回答说，“不过明天我就可以得到一件新游泳衣了，而且也是一套比基尼。你等着瞧吧！一套比西里那套还要漂亮的比基尼！”

她们哈哈地讥笑起来。玛丽亚觉得这些女孩很无聊。

“穿这种衣服怎么可以到处乱跑！”西里对埃尔泽、卡琳以及其他几个女孩说，“奶奶头都让人家看到了！我妈妈是绝不会让我这样做的！”

其他几个女孩都摇了摇头，表示她们的看法完全相同。像玛丽亚这样只穿着内裤跑来跑去的，的确没有。

“小姑娘赤膊，没羞！”她们异口同声地叫了起来。

约根看到玛丽亚生气了。

“如果你们没有见过奶奶头的话，那么就尽管看吧！”玛丽亚回答道。

“没羞，没羞！”她们又叫了起来，“大家都可以看到你的奶奶头了，玛丽亚！大家来哟，快来看呀！”

玛丽亚朝她们冲了过去。她们一面异口同声地喊叫着，一面朝四处逃散。

“呸！”玛丽亚回来时，这样啐了一口。她一个都没有逮到。她的眼睛红红的，像是哭过一样。“我没穿上衣，你也觉得这不好吗？”

约根摇了摇头：“男孩可以这样不穿上衣跑来跑去，我不明白为什么女孩就不行。”

“就是嘛，”玛丽亚说，“全都是胡说八道。女的大人要穿上半截比基尼，那是因为如果不穿的话，给小宝宝吃的奶就会流出来。”

这个道理约根明白了。

“走，约根，我们游泳去！”玛丽亚说着便拉起了他的手。

“不，”他拒绝道，“我想，我没有兴趣！”

“水一点儿也不凉，”玛丽亚向他保证道，“一开始总会有这种感觉的。来，我们一起跑过去！”

玛丽亚紧紧握着他的手，并奔跑起来。约根感到十分意外，干脆随她奔跑起来。他突然被绊了一下，直挺挺地摔了下去。

啪！随着一声响，约根觉得他倒进了水中。他浑身都湿了。事情就这样发生了！湖岸已经被他抛在身后，湖水一点儿也不凉。玛丽亚笑着，高兴地跳来跳去。

“来，让我们一起跳！”她说。

约根抓住了她的手，然后他们一起跳跃起来，身边的湖水朝四处飞溅，水珠纷纷溅到周围几个小小孩身上，结果他们哭了起来。岸上一个妇人喊叫起来，说他们不该这样乱来。

“你会游泳吗？”玛丽亚问。

“要是我一只脚着地的话，我会游的。”约根如实回答道，“不过我爸爸答应我，今年夏天他还会教我的。”

“我能够游十步远，不过今年我要游二十步远。”玛丽亚说，“我可以游到湖中很远的地方，像我现在这样仍然能站着。你看，现在我就游到你前面去！”

玛丽亚身体往前倾斜，开始游起来。约根还从没有看见哪个人游得这么快过。她的嘴里冒出许多气泡，她像一阵暴风似的拍击着湖水，使湖水掀起一股股的浪花。

在游出很长一段距离后，她站住了。“怎么样，你现在有什么话要说吗？”她问。

“棒极了，”约根说，“你真的没有用脚支在地上吗？”

“不错，只是刚起步得支一下，”玛丽亚回答道，“因为我动作还掌握得不很正确。”

约根对学游泳有些害怕，他是在担心，这水可能会不喜欢他。有一次他亲眼看到有一个男孩差一点儿被淹死。当时他心里就留下了一个十分明确的印象，水会给人带来危险，他想尽可能对水好些，那么水也会对他好些了。

“你试一下，用一只脚着地游。”玛丽亚说。

约根点了点头，在扑入湖水的怀抱中之前，他小心翼翼地抚摩了一下湖水，这样湖水必定会明白，即便他击打它，它也不会认为这是一种不友好的行为。然后，他身体扑了下去，几乎同玛丽亚一样快地游了起来，不过用的力气比她还要大。他觉得，一个人在游泳时把四周的水击得飞溅，这看上去就像是在发疯。

“你这样子看上去，就像游得很好！”玛丽亚叫道，“没人看得出，你是一只脚着地游的！”

约根呼哧呼哧地喘着气，两只脚着了地。大多数人在经过长时间的畅游后都是这样做的。他毕竟也游了很长一段了。

“现在我们去造一座沙垒。”玛丽亚说。

“这里的细沙子是世界上建造沙垒最好的沙子！”

他们哗啦哗啦地朝沙滩那里游回去。在密集的小孩中间他们找到了两个空位置。所有的孩子都在认真地造沙垒。

玛丽亚带来了一只红颜色的塑料提桶，他们可以用它来做造型。

他们起先共同造了一座城堡。可是过了一会儿玛丽亚说，每人应该单独造一座，然后他们可以比一比，看谁造的城堡更漂亮。

约根没带提桶来，他干脆在附近找了个没用的塑料桶。他们建造起来。他们在城堡围墙上建造了塔楼和雉堞，在城堡围墙前，他们还挖了很深的壕沟。

突然，有“敌人”朝他们的城堡冲了过来：三个大男孩从约根和玛丽亚之间奔跑着穿过，在这两个孩子建造城堡的地方停住，然后向这两座城堡发起了进攻。他们在上面踩来踩去，直到两座城堡完全被摧毁。

这一情况发生得太突然，来得太快，以致这两个孩子都没来得及阻止。当那些大孩子又跑开时，那里已剩下两座城堡的废墟了。这两个孩子哭了起来。

“猪猡！”玛丽亚冲着他们身后叫道，“你们为什么要这样干？”

约根简直弄不懂，这些大孩子干吗老是要和小孩子作对。

约根和玛丽亚没有像小小孩那样哭个不停。他们十分难过，同时也十分气愤。那几个男孩把他们的城堡彻底破坏掉了。

“我们现在干脆在沙子里打滚，像炸猪排一样浑身上下都裹上沙子，然后让湖水一直没到脖子间。”玛丽亚说。他们抓起一把把湿沙子开始往身上涂抹，不一会儿两人看上去便像两个戴了假面具的黑人。然后，他们手牵着手朝湖里蹚了过去。

“嘿，约根！”父亲和母亲刚好在湖外面游了一圈回来，父亲叫道。

“你不想同我一起上去喝杯果汁，休息一下吗？”母亲问。

约根和玛丽亚在水中只走了几步，湖水便没到了他们的脖颈处。父亲和母亲站在那儿，直到湖水把他们身上的沙子全部冲掉。

玛丽亚朝她的父母那儿跑去了。约根向她许诺，待会儿如果他下水的话他再去叫她。母亲取出一瓶果汁来。约根觉得这果汁的味道从来没有这么可口过。

“现在我们就当做沙滩上只有我们一家人的样子吧。”父亲说。

“这是不可能的。”约根说。

“有可能的！”父亲说，“我们来变个戏法。”说着，父亲从包中拿出一只放有棉花的盒子，然后用棉花做成一只只棉花球，塞在了他们的耳朵里。

母亲和父亲躺了下来，一个开始读杂志，一个看起书来。约根也躺下，并闭上了眼睛。现在真的如父亲说的那样，周围好像一下子安静了许多，沙滩上也好像只有他们这一家人了。

看来，要做出一种旁若无人的样子，这也并不难做到。不过，如果他没兴趣独自待在那儿的话，那么他只要从耳朵里取出棉花球就行。

现在他正想独自一人待一会儿。他干脆躺在那里，脑子里在想：这一整天最好能同爸爸妈妈待在一起，或者同玛丽亚一起去游泳也行。

19

夜登大岩石

马丁整个夏天统治着那块大岩石，他每天站在这块威严的巨石上面眺望脚下他的臣民。大家都在期待，他们的统治者会重新得到好心情。大家都记得，去年夏天他们玩得有多么痛快，他们一块儿玩“官兵捉强盗”，玩捉迷藏，还玩其他有趣的游戏，甚至连小小孩都可以参加进来。

可是他们现在从马丁的表情上看出来，他的心情越来越糟。他整天像个独裁君主似的端坐在大岩石顶上。有一次，他的一个最要好的伙伴被允许爬上去，坐在他的身边，这人给他带去了草莓、冰淇淋以及其他一些吃的东西。这时他显得高兴起来。

幸亏从没人说过：他们不能再在一块儿玩，这都是约根惹下的祸。总之，别人把那档子事都忘了。这个夏天这样漫长，以致没人再会记得约根和马丁之间的那件事。

不过约根什么也没有忘记，他可记得清清楚楚：别的孩子聚集在大岩石那里时，他不敢上那儿去。他一直还在担心，万一他们在大岩石边看见他时，他们会突然想起发生在初夏时的那件不高兴的事。在这个夏天曾经爬到过这块大岩石上面的人，肯定一直都在回味，在那上面的感觉有多么美好。不过大家现在都在希望，马丁最好能快点儿恢复愉快的心情。

玛丽亚心里也非常明白，那个倒霉的日子究竟发生了什么事。她记得很清楚，当时马丁对约根有多么粗野。不过她也认为，现在马丁不让别人爬到大岩石上去，这也不能怪约根。事情是明摆着的。马丁不让她爬上去，她还有一肚子火呢。要是她这个愿望能实现那有多好啊！她高高在上，别的孩子都站在下面抬头仰望。这样，她玛丽亚就可以向大伙儿证明，她能像马丁那样轻而易举地登上大岩石。

遗憾的是，现在说什么也没有用。

玛丽亚每天都要去大岩石那里。初夏时她对约根说过的话老是在她脑子里转悠。“我要爬到这块大石头上面去，你也要一起爬上去。”她当时是这样说的。可是说说容易做到难，那块大岩石就像一块大磁铁似的吸引着她。可马丁和那些大男孩整天都在大岩石边上玩。他们每天都在那里。每天！

玛丽亚觉得，要想不被这些男孩看见登上大岩石，这是不可能的。她甚至还觉得，这是马丁的嫉妒心在作怪，他不希望别人能登上大岩石。

如果她一定要爬到大岩石上面去，那么只有一个办法：她必须晚上干。

约根一直想着玛丽亚要跟他一起爬到大岩石上去这件事。可是他又暗中希望，她最好能放弃这个计划。当玛丽亚对他说出了她这个新的打算后，约根吓了一跳。“我们必须夜里爬上去。”玛丽亚轻声说道，与此同时她的两只眼睛瞪得大大的，那神情完全跟人们在讲惊险故事时一样。

“可是我们夜里要睡觉的呀。”约根说。

“我们悄悄地从床上爬起来，懂吗。爬到大岩石上后我们再回来，再悄悄地躺到床上去。”

玛丽亚总是有很多点子。约根也总是想不出驳倒她的理由。看来，他说什么也得跟随她一起去进行新的探险。

他们这会儿正坐在他们那秘密的岩洞中，他们碰到不快活的事情时大多是在那里度过的。“你想像一下，约根，”玛丽亚轻声说道，“你不妨设想，当我们站在大岩石顶上时，会有什么样的心情。那里可是马丁谁也不让上去的地方呀。”

这种心情约根是想像得出的，可是他越想越感到害怕。从大岩石的顶上一直到安全可靠的地上，这有很长一段距离。大岩石那么高，而他自己又那么小。

“不行，玛丽亚。这件事我宁可不去想像的！”他喃喃地说。他不由觉得，这岩洞中温度变凉了。而且，他们越是谈论他不喜欢做的事，他越觉得浑身发冷。

“这非常容易，根本就没有什么危险。”玛丽亚说。她立刻明白，他想说什么了。

可是约根什么也没有回答。他也非常清楚，对他来说是艰难和危险的，而对玛丽亚来说不是这样。

“我们会得到锻炼，你一定会成功的。”玛丽亚说。

“怎么锻炼？”约根惊异地问。

“你必须练习攀登，不管爬到多么高的地方，然后站在上面朝下面看，要不然你站在大岩石上时会头晕的。”玛丽亚说，“我们马上开始做这件事。”

约根根本就不想听玛丽亚这些话。他现在只感到岩洞中越来越冷，他只听到一滴滴水珠在从岩洞的墙上往下滴。

他爬出岩洞，玛丽亚也跟着爬了出去。

“我们马上开始干，”玛丽亚说，“你很快就能学会的。”

约根很想说“不”的，可是某个声音却在他内心说“是”。似乎有什么东西在吸引他。似乎有人在他耳边喃喃嘀咕：登上大岩石，这是件非常了不起、非常激动人心的事。可是这个声音是谁的呢？约根倾听着，听得十分清楚。这是他自己的声音！心中的那个约根这时又对他说道，他该同玛丽亚一起去攀登岩石，他还从没有表现过自己呢。

“你想想，约根，”玛丽亚这时又说道，“你这是第一次干这件事，这是多么了不起啊！”

不错，这的确很了不起！约根决定去试一试。他至少要锻炼一下。他不想马上就跟玛丽亚去干危险的事。

他们开始去爬那些遍布森林的大石头，这些石头比约根大不了多少，所以约根对它们不觉得怎么害怕。

“这很容易。”他们爬了十四块差不多一样大的石头后，约根说道。

“我们可以去爬你家周围的栅栏了，”玛丽亚建议说，“这是很难的。”

那栅栏尽管不算高，可是约根总觉得它的高度要超过他的视线。

房屋四周有许多木桩打在地里，那些由木棍组成的栅栏钉在这些木桩上。木棍一根钉在一根的上面，使约根想到那是一种木梯。可是，他还从没有尝试往这栅栏上爬过。他们找到一个从房子里往外张望时看不到他们的地方。约根想偷偷地干这件事。玛丽亚心里明白，这事该怎么干：先用一只手紧紧抓住钉在木桩上像梯子横档似的木棍，再用另一只手抓住上面一根木棍，然后两只脚踩在底下那根木棍上。

约根开始爬栅栏，并且马上学会了。当他一只手抓住上面一根木棍时，他的脚也必须踩到上面一根木棍上去。就这样，他从一根木棍踩到另一根木棍上，慢慢地往上攀登着。

这看起来很艰难，可是，谁都一学就会，就像约根这样。玛丽亚同他并排往栅栏上面攀登，他们终于爬到了最上面那根木棍上。“我们成功了。”玛丽亚说。

“我们爬到头了。”约根说。他内心不由涌起一股自豪的感觉。

他们在最上面那根木棍上坐下，打算歇一歇。

“你真了不起！”玛丽亚说，“这下人们不会再认为你害怕爬高了。”

约根自己也差不多这么认为，真实情况也是如此。他朝下面望去：木栅栏如他以前认为的那样，的确不是很高。从这上面往下看，景致真是美极了。小草和花一下子变了样。不过，如果在从离地面高一些的地方往下看的话，那么花和草就无法区分了。这种情况父亲曾对他说过，因为父亲坐过一回飞机。

可是这时候他感觉到，他的胃好像有点儿抽紧了，同时不由自主觉得身上有点儿发麻。突然一阵微风吹来，将他的头发吹得飘舞起来，他赶紧抓紧了栅栏木棍。还好，他这副紧张的样子没人看到，玛丽亚也没有看见。尽管他心里觉得有点儿害怕，可仍装出一种若无其事的样子。

“现在我们下去吧。”玛丽亚说。对她来说这简直太容易了。这个夏天她已经爬过一百次。

可是，这对约根来说就不是一件容易的事。这不，当他抬起脚往下移动时，他怎么也够不到下面那根木棍。他想把脚踏在坚实的木棍上，可那儿却是空空的。他不敢一边把脚往下移，一边朝下面看。即便是这样试一下，他都觉得头脑发涨，身体旋转起来。

玛丽亚只好再爬上去，抓住他的脚，把它放到合适的地方。这下就容易多了，两人不一会儿便站到了地上。

“现在我们来试试爬梯子。”玛丽亚说。

梯子！约根是绝对不敢爬梯子的！父亲刚油漆过二层楼上的窗框。现在梯子还靠在房屋的外墙上，它几乎伸到了房顶上，那真是高极了。

玛丽亚先爬了一次，为了向他显示：这很容易，每个人都能干。她还想让约根看看，她有多么灵活敏捷。可是这情景使约根不由得想起了去年秋天他在马戏场看到的猴子。

“现在轮到你了！”玛丽亚从梯子上下来时，说道。她刚才一直爬到最上面二楼的地方。“你就像我这样做，很容易的！”

玛丽亚说得好听！对她来说什么都是容易的！

可是，约根至少得试一下。

梯子的第一根横档还问题不大，踩在上面就跟站在平地上似的，约根也根本就没什么登高的感觉。

踩在第二根上也并不太危险，不过约根觉得，他好像从地上飘了起来，并且有一种不舒服的感觉。

当踏上第三根横档时，他两只手紧紧地抓住梯子，心里好像有一种梯子要腾空而起的感觉。可是玛丽亚说，这只是他的想像而已，别人顺着梯子往上爬也有这种感觉。登上第四根时，他觉得胃好像开始抽搐了，而且觉得，这根横档比其他几根都要细。可是玛丽亚却认为，人们爬梯子时也都有这种感觉。

跨上第五根时，房屋的墙壁便靠得很近了，他一伸手便可触到墙壁，这时约根的脑子有点儿旋转起来，可是他又听到玛丽亚在说，别人爬梯子时也都这样。

攀上第六根时约根心里想：无论如何不能再往上爬了，除非下去时他身上会长出翅膀来。他觉得，这上面的风更大了。他心里有个声音在喊救命，在求他赶紧回头往下爬。可他不敢往下看，不敢看他现在已爬到多高的地方。他开始往下爬，一边爬两眼一边直愣愣地瞪着墙壁。

“这不是很好吗，”玛丽亚说，“明天你会干得更好的。”玛丽亚说这话，是因为她知道，如果有人爬到梯子上，人们通常都是这么说的。

玛丽亚说这种话，这使约根很吃惊，她听上去，好像一下子变成大人了。

第二天，他们又去爬了那些石头，爬了木栅栏和梯子。在爬这些玩意儿时，约根的恐惧感一次比一次少。不过，玛丽亚每次爬梯子都比他爬得要高。约根爬木梯时，只要一踩到第七根横档上，他就害怕起来，对此他自己也毫无办法。

“这只不过是玩玩而已。”玛丽亚老是这样说。可是约根觉得，这才不是闹着玩的呢。这分明是让人受罪。不过，他这样做其实也是为了玛丽亚，因为她已下定决心，这个夏天他们两人一定要爬到那块大岩石上去，这件事使约根无法逃避。

后来终于有一天玛丽亚说道：“今天夜里我们行动。”她说这话的声音很轻，充满了神秘感。玛丽亚平时说话从不这样。

约根觉得，自己听到这话时吃了一惊。他的心激烈地跳动起来。“今天夜里？”他问，尽管玛丽亚说的话每个字他都听得明明白白。

玛丽亚点点头：“今天夜里我们去干马丁禁止我们干的事！”

“可是，如果我今天夜里醒不过来呢？”约根说。他睡觉总是一觉睡到大天明，半夜里从不会醒。

“我爸爸今天夜里要去钓鱼。他回来时，我肯定会醒的。然后我朝你窗户上扔一颗小石头，让你醒过来。”这天晚上约根上床睡觉时，心里十分激动。“我不能睡着了。”他这样想着，可是他一下子便进入了梦乡。他梦见一只鸟栖息在一棵树上，正用它那尖尖的嘴在啄树干。这时约根醒了。这不是鸟，而是有什么东西打在了房子的外墙上。

他立即想起了石子儿和玛丽亚，想起玛丽亚的父亲钓鱼回来了。

他一骨碌从床上爬起来，赶紧跑到窗前，只见玛丽亚穿着睡衣，正在拿石子儿往墙上扔。

“我想，你还是朝窗户上扔石子儿的好。”约根压低嗓门儿轻声说道。他担心，父母会被吵醒。

“刚才是投中窗户的！”玛丽亚有点儿不服气地答道，“哪有这么容易！这件事你尽管可以相信我！这儿找不到适合扔窗户的石子儿了！”

“现在你用不着再扔了，”约根说，“我已经醒了！”

不多一会儿，他便来到屋外站在玛丽亚面前了。对约根来说，这是一个庄严的时刻，因为他第一次半夜里到外面来。

外面一片漆黑，比他想像的还要黑暗。远处原野上有一点儿亮光，这是某个房子里开着的灯透过窗户射出来的光。白天那五彩缤纷的世界现在变得一片苍白。

四周静悄悄的，一切都在沉睡。房屋睡着了，鸟安息了，就连色彩也睡下了。天空中挂着一钩弯弯的月亮，它晶莹剔透，看上去也好像累了。一道灰色的云雾在空中飘过，这使约根不由得想起了那些古堡，因为古堡的尖塔周围通常就有这种云雾缭绕着。

地上的草是湿漉漉、凉丝丝的。每当露珠滴到腿上时，他们不由得会起一身鸡皮疙瘩。

“一切都睡着了。”玛丽亚喃喃地说。

“我们得轻点儿，要不然会把这一切都吵醒的。”约根说。

他们来到巨大的桦树底下，四周比外面的草地上还要黑暗。树木沉睡着，它们需要这种黑暗。

一些饥饿的蚊子在他们耳边嗡嗡嘤嘤叫着，可是他们眼下根本就没有时间为它们去烦恼。

他们看见那块大岩石了。它看上去就像一块隆起在地面上的巨大模糊的东西。它耸立在石头围墙的后面，好像随时都会挪动似的。约根禁不住打了个寒战，这次可不是露珠滴到他身上的缘故！这块大石头可能是从古堡里溜出来的魔鬼变成的。玛丽亚朝大岩石那个方向走着，像是根本没看见它似的。这块大岩石肯定是被施了魔法的魔鬼，这点约根心里非常明白。

“这块岩石多么大啊！它又长大了！”约根不禁轻声叫道。

“这只是看上去而已，”玛丽亚说，“黑暗中往往会产生这种现象。夜里什么东西看上去都显得很大——这是我爸爸说的。”

玛丽亚懂得的东西真多！约根暗自叹息道，并且希望自己明白，这块岩石其实只是一块岩石，它从来就不是什么魔鬼变成的。可是，约根无论如何都不愿意这样想。这种想法就像一股神秘的青烟飘散开去。

“我们到了！”玛丽亚激动地喊道。

他们站在大岩石前。约根抬头往上面看去，只见最上面岩石的尖顶直插夜空，它比梯子要高许多，它仿佛在不断地往上长。难道这是一个醒着的魔鬼吗？约根简直不敢把自己同这个黑黝黝的庞然大物联系在一起。他不敢往下想。

这块大岩石摸上去是凉凉的，好像还有点儿湿。这个魔鬼是不会不高兴的。约根知道，有人去摸它，这是它最高兴的事了。

“我在前面爬，你跟在我后面爬。”玛丽亚这么说着，已经爬了一段路。

约根心想：等爬到顶上，这不需要一整夜才怪呢。他叹了口气，跟在玛丽亚后面往上爬去。他知道，这件事他一个人是根本不敢做的。

爬岩石无疑要比爬梯子和爬栅栏难得多。他必须用手摸索岩石的缝隙，用脚去踩坚实的固定点。“我不行。”约根心里想着。可是他爬了一段路后，渐渐觉得好起来了。

不错，马丁让那些男孩爬这块大岩石，他们往上攀登时就是用手抓住这些缝隙，用脚踩在这些岩石的突出部位上的。就这样，一个夏天下来，这条名副其实的“攀登之路”就形成了。

玛丽亚爬的速度比约根快许多，她一边爬一边不时回头张望，看他是否还跟得上。

约根心里很紧张，可是他又不想表露出来。尽管他很害怕，可另外一个声音在驱使他不断地朝大岩石的顶端靠近，这个声音就是他心中那个一定要勇敢登上大岩石的约根发出的。约根也不明白在他身上发生了什么事。那个强大的马丁不许他攀登大岩石，可他现在不管三七二十一地爬了！如果他真的爬上去了，那么他就完全同马丁和其他大男孩一样强大了。

这个想法一直在他脑子里萦绕。他要忘掉害怕滚落下去的想法。他不能朝下张望。他必须全力以赴攀登上去。他终于爬到了陡峭的小道尽头，现在他来到一块长满苔藓的平地上。

约根站在那里，朝又脏又湿的睡衣上拍打着尘土。他们终于站在了这块“马丁石”的顶上。约根简直不敢相信他成功了！

这一定是在做梦，这一切只是梦境而已。可是玛丽亚拉着他的手，说道："约根，我们爬上来了！"

这时他才回过神来——这不是梦，他现在正站在大岩石的顶上！

约根转过身去。这里多美啊！在这儿可以望到多么远啊！

远处天际处泛出一片淡淡的红色，不一会儿太阳便升起来了。月亮渐渐变得苍白起来，这不由使约根想起去年圣诞节那棵圣诞树上的星星，由于它蒙上了一层灰尘，结果只好把它扔掉了。那些树木耸立在那儿，就像蓝色大海中的一个个浮出水面的礁石。一缕雾霭从草地上掠过，约根觉得，这仿佛是一幅花喘息的景象。"约根，我们上来了！"玛丽亚兴奋地说，"我们成功了！"

是啊，他俩成功了。对于玛丽亚的成功人们是不足为奇的。她平时爬树爬山就跟一只猫似的。可是要将约根跟玛丽亚相提并论，这简直是一个奇迹。他有勇气，可同时又十分胆小。眼下他居然成功了。"你瞧。"玛丽亚突然说道，一边从睡衣口袋里掏出一样东西。她把一张彩印画朝约根递过去，画面上是一个男孩和一个女孩，他们互相拥抱着。不过他们穿的不是睡衣裤，而是星期天穿的好衣服。

"我们可以这样做，"玛丽亚说，"我们把它放在这儿的大岩石顶上，如果明天马丁发现它的话，我们就装作我们什么也不知道的样子。"

“我们什么也不说。这是我们俩的秘密。”约根说。

“是的，这是我们俩的秘密。”玛丽亚确认道。

约根放眼朝亨利克牧师的领地望去。花在对着他看，还有亨利克牧师领地的围墙，以及周围的一切，它们都看见约根登上了大岩石。

“玛丽亚，”约根轻声说道，“你知道吗？”

玛丽亚摇摇头。

“全世界只有你和我知道我们登上了大岩石，并且从上面往下面看过了。我们也许是第一个在夜里登上大岩石的人，是吗？”约根这样说道。

东边那道红色的光芒变得越来越宽广。约根有生以来第一次看到太阳从地平线上升起。第一道阳光一如既往地投在天穹上，然后它又形成一道苍白的光线落在这两个小孩以及他们那又湿又脏的睡衣上。

“嘿，”玛丽亚又开口说道，“没人知道我们的秘密。”

她又沉默不语了。

“没人看见我们登上这块大岩石，我觉得这也有点儿遗憾。”约根说，“不过，除了我们俩知道没别人知道，这也挺好的。”

太阳一下子跳出了地面。天空在曙光的衬托下显得碧蓝，而且更显博大宽广。太阳通红通红的，像是要把天空点燃。这种色彩使约根不由得想起，冬天他们在房间里将大大的劈柴往壁炉里填塞时的情景。

“哦，”约根说道，“在别人看到我们之前，我们得赶快回去了！”

他又往四周打量了一下，往下爬的兴趣他已全然没了。

“玛丽亚，”他喃喃地说，“我们得赶紧跑。我们俩也许是魔鬼，要是太阳照到我们这儿的话，那么我们就完了。”他不由得又感到害怕起来。

“哦，你说什么呀，”玛丽亚说，“我们只是孩子而已。”她不由想起，该是下去的时候了。

约根摸了摸自己的脑门儿。“尽管如此，我们会成为魔鬼吗？”他说。可是这话只有他一个人听得见。

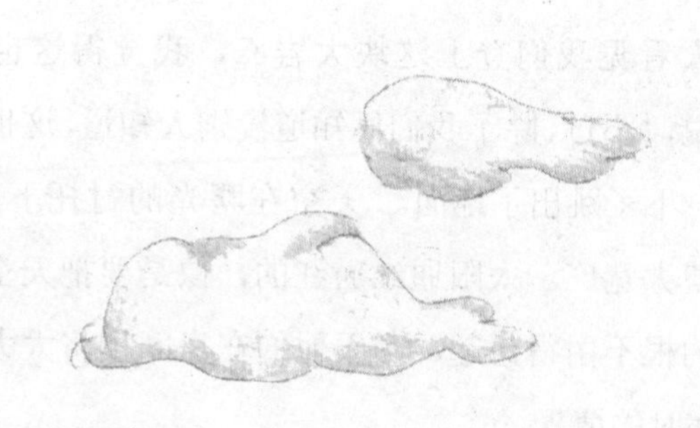

夏洛书屋

（美绘版）

天猫专区

微信公众号

第一辑

第二辑

第三辑

第四辑

第五辑